그 책은

요시타케 신스케 ✤ 마타요시 나오키 지음

양지연 옮김

김영사

그 책은
표지에 두 남자의 이름이
적혀 있는 책입니다.

어느 왕국에서 만든 책이죠.
그 책의 줄거리는 이렇습니다.

책을 좋아하는 왕이 있었습니다.
왕은 나이가 들어 이제 눈이 거의 보이지 않았습니다.

왕은 두 남자를 성으로 불러 말했습니다.

"나는 책을 좋아한다. 지금까지 수많은 책을 읽었어.
대부분의 책은 다 읽었을 거라 생각한다.
그러나 이제 눈이 나빠져 더는 읽을 수가 없구나.
그럼에도 나는 책이 좋아, 책 얘기가 듣고 싶다.
자네들이 세상을 돌아다니면서
'진귀한 책'에 대해 아는 자들을 찾아보게.
그들에게서 책 이야기를 듣고 와
나에게 들려주게."

두 남자는 책 여행을 위한 경비를 받아
길을 떠났습니다.

1년 후, 두 남자가 여행에서 돌아왔습니다.

이제는 일어나 앉지도 못하는 왕에게
둘은 여러 사람들에게 들은 다양한 책 얘기를
하룻밤씩 번갈아 가며 들려주었습니다.

"그 사람이 말하기를 그 책은……."

첫째 날 밤

그 책은 엄청난 속도로 달려서 아무도 읽을 수 없었다.

인간의 발로는 도저히 쫓아갈 수 없어서 치타를 달리게 했고, 그 책의 제목을 읽는 데까지는 성공했다.

지금은 치타가 읽은 책 제목을 어떻게 알아낼지 다 같이 머리를 쥐어짜고 있다.

（그） 책은 쌍둥이다.

쌍둥이여서 모양도 내용도 똑 닮았다.

두 책을 구분하려면 종이비행기 날리듯 하늘에 던져 보면 된다.

던지면 페이지를 양쪽으로 펼치고 펄럭펄럭 날갯짓하는 쪽이 언니,

"야!" 하고 소리치는 쪽이 동생이다.

㉠ 책은 경찰에 쫓기고 있다. 경찰이 그 책이 살던 집에 찾아갔더니 이웃 주민이 말했다.

"옆집이라면 며칠 전에 이사 갔어요."

결국 그 책은 전국에 지명 수배 되었고, 그 책을 봤다는 제보가 여기저기에서 잇따랐지만 잡는 데는 성공하지 못했다. 실망한 경찰은 다시 초심으로 돌아가 수사하기로 했다. 그리고 마침내 그 책을 체포했다!

그 책은 8권 책의 집 근처에서 발견되었다. 그 책이 7권이라는 사실에 주목한 경찰이 큰 공을 세웠다.

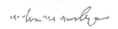

그 책은…… 책이 틀림없지만 북쪽에서 남쪽으로 길게 뻗어 있고, 수많은 사람들이 살며, 커다란 바다에 떠 있다.

자, 그 책은 무엇일까?

힌트, 봄에는 벚꽃이 피고 여름에는 칠석을 지내고 가을에는 단풍이 들고 겨울에는 고타쓰*에 둘러앉아 귤을 까먹곤 한다.

정답은 일본.**

---

*일본식 난방 기구로, 나무로 만든 탁자에 이불이나 담요 등을 덮은 것. 탁자 아래에는 전기난로가 설치되어 있다.

**책은 일본어로 本(ほん)으로, '일본[日本(にほん)]'의 本과 같은 글자를 사용한다.

그 책은 세상에서 가장 로맨틱하다. 그 책에 밤하늘의 달빛을 비춰 주고 재즈를 들려주고 와인을 따라 주면 한층 더 깊어진다.

（그） 책은 땅에 떨어지면 농구공처럼 튀어 오른다. 책과 농구를 좋

아하는 어떤 친구는 그 책을 드리블하며 학교에 간다.

그 책은 베개로 쓰기에 좀 높다.

목이 아플 테니 조심하길.

ㄱ 책은 책장을 넘길 때 '팔락' 소리가 조금 일찍 난다.

미처 넘기지도 않았는데 '팔락' 소리가 날 때도 있어 짜증이 난다.

둘째 날 밤

그 나라 사람이라면
누구나 가지고 있다.

태어날 때 한 사람당 한 권씩
나라에서 나누어 준다.

국가의 이상과 그것을 위해 감수해야 할 희생,
국민의 의무와 세금의 종류 및 쓰임,
국가가 보장해 주는 것들에 관한 내용이 적혀 있다.

그리고 국가의 지령이 있을 때는
맨 끝의 보라색 페이지를 삼키고
국가와 하나가 되라고 쓰여 있다.

그
책은

한 살짜리 아들이
북북 찢어 버렸다.

'세상의 진실을 담은 명저'라고
존경하는 선생님이 추천해 주셔서
'언젠가 읽어야지.' 하고 사 둔 책이었다.

가장 중요한 내용이 담겼을 법한 부분이
이제는 읽을 수 없는 상태가 되었지만,

책의 이런 모습이야말로
세상의 진실을 보여 주는 듯해
버리지 않고 그대로 두었다.

그 별에서 무엇보다 두려운 존재였다.
'그 책을 펼친 자는
3포레 안에 반드시 죽는다.'라는
저주가 걸려 있었기 때문이다.

이러저러한 경로를 거쳐
그 책이 지구에 왔을 때
세상은 발칵 뒤집혔다.

하지만 연구 결과 '3포레'는 지구 시간으로
약 800년이라는 사실이 밝혀져
지금은 아무도 그 책을 두려워하지 않는다.

현재는 일본 지바현의
한 도서관에 소장되어 있으며
누구든 읽을 수 있다.

흐릿하다.
책의 윤곽도 글자도 흐릿해서
읽을 수가 없다.

오랫동안 신비로운 책이라 여겨졌는데
우연히 뜻밖의 사실이 밝혀졌다.

아이한테는 보이는 모양이었다.
아이가 어릴수록 뭔가를
더 읽어 내었다!

책 내용을 알아내려고 한층 깊은
연구가 진행됐지만, 아이가 말을 익혀
다른 사람에게 뭔가를 얘기할 만큼 크면
정작 책이 점점 흐릿해져
읽을 수 없게 되었다.

어린 시절에만
읽고 이해하고
기억할 수 있는 책이라는
사실만 확인되었다.

그 책은 규 책과 기 책 사이에 있다.

셋째 날 밤

（그）책은 책갈피를 먹고 자랐다.

처음에 사람들은 그 책을 매우 무서워했으나, 그 책은 오로지 책갈피만 먹었다. 종이를 끼워도 보고, 얇게 자른 고기를 랩으로 감싸 넣어도 봤지만, 책갈피 말고 다른 건 절대 먹지 않았다. 그 사실이 알려지자 책은 고가에 거래되었다. 그 책이 실제로 책갈피를 먹는 모습을 보여 주는 것만으로도 책 주인은 책값의 몇 배나 되는 돈을 벌었다.

그 책은 여러 나라, 여러 주인의 손을 거쳤다. 책갈피를 먹는 만큼 그 책이 점점 커져서 오랫동안 함께 살기는 불편했기 때문이다.

책을 사랑하는 어떤 마음 착한 사람이 구경거리가 되는 책이 불쌍해서 그 책을 구입하기로 마음먹었다. 책을 사랑하는 마음 착한 사람은 그 책의 이상한 특징을 욕심낸 것이 아니라, 단지 그 책을 읽고 싶을 뿐이었다. 그 책을 순수하게 책으로 바라본, 유일한 사람이었다. 책을 사랑하는 마음 착한 사람은 그 책을 사기 위해 집을 팔았다. 주변 사람들은 그 책을 보호해 주고 싶다는 열정을 이해하지 못했고, 가족도 다 떠나 버렸다. 마을 사람들은 유명해지려고 벌인 짓이라며 그 사람을 비난했다. 책을 사랑하는 마음 착한 사람은 자신에게 쏟아지는 비난 따위는 아랑곳하지 않고, 그 책과 둘이서 겨우 지낼 수 있는 작은 집으로 이사했다.

그리고 마침내 그 책을 샀다.

책을 사랑하는 마음 착한 사람은 그 책을 조심조심 작은 집으로 옮긴 뒤 말을 걸었다.

"여기가 네 집이야."

그날 밤, 책을 사랑하는 마음 착한 사람은 그 책을 읽으려 했지만 읽지 못했다.

며칠 뒤 책을 사랑하는 마음 착한 사람의 친구가 그녀와 연락이 되지 않자 걱정하며 집으로 찾아갔다. 문을 두드려도 대답이 없자 친구는 여벌 열쇠로 문을 열고 집으로 들어갔다. 사진에서 봤던 것보다 훨씬 큰 그 책이 작은 집 한가운데에 있었고, 바닥에는 피에 젖은 옷 조각이 널브러져 있었다.

친구는 그 책을 두드리며 친구이자 책을 사랑하는 마음 착한 사람의 이름을 불렀다.

"책갈피!"

(그) 책은 사람을 가린다.

마을에서 가장 착한 사람이 읽으려 했지만 펼 수 없었다.

한편, 남의 험담만 하는 심술쟁이가 읽으려 하자 쉽게 펼쳐졌다.

ㄱ. ㄴ. 빼앗겼다

ㄱ 책은 세상에서 가장 재미없다.

책이 정말 싫어진 어떤 작가가 한 사람이라도 더 책을 싫어하게 만들
기 위해 시행착오를 거듭한 끝에 완성한 책이다.

그 책은 너무 큰 소리로 웃어서 한밤중에는 냉장고에 넣어 차갑게 식혀 둔다.

ᄔ ㅣㅿ ᄼᄼ‖ ㅿ ㅿ ᄃ

ㄱ 책은 높은 곳에서 떨어뜨리면 고양이처럼 회전해서 멋지게 착

지한다.

그 책은 강에 떨어지면, 16쪽 "고릴라가 보자기를 펴서 아기 고릴라를 감싸 안았다."라는 문장의 '보' 자와 86쪽 "고릴라가 괴력을 발휘해 돌진하는 트럭을 겨우 멈춰 세웠다."라는 문장의 '트' 자가 책에서 빠져나와 '보트'를 만들어 육지까지 데려다준다. 혹은 23쪽 "엄마 손을 잡으려 했는데 그건 온몸이 검은 털로 뒤덮인, 자유를 찾은 고릴라 손이었다."라는 문장의 '자유'와 42쪽 "형제를 찾은 고릴라가 사랑이 담긴 눈길을 보냈다."라는 문장의 '형' 자가 책에서 빠져나와 '자유형'을 구사해 육지로 데려다준다.

단, 그 자유형은 어딘지 모르게 어색하다.

그 책은 정말 착하다. 그 마을에서는 안 좋은 일이나 힘든 일이 생기면 다 같이 그 책을 읽었다. 어느 날 밤 거대한 괴물이 마을을 습격했다. 그 마을은 옛날부터 괴물의 습격에 시달려 왔다. 하룻밤 사이에 건물이 다 파괴되고 밭도 망가졌다. 심지어 마을의 보물인 착한 책도 괴물이 집어삼켜 버렸다. 마을 사람들은 슬퍼했다.

이튿날 낮에 괴물이 마을에 사과하러 왔다. 자기가 파괴한 건물을 고치고 밭도 원래대로 되돌려 놓았다. 괴물은 마을 사람들을 돕고 아이들과 놀았다. 착한 책을 먹으면 괴물도 착해지나 보다.

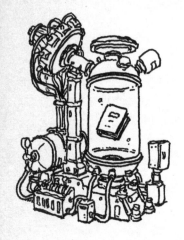

넷째 날 밤

언젠가 나를 도와줄 것이다.
언젠가 나에게 새로운 가치관을
심어 줄 것이며,
언젠가 나에게 어떤 계기를
마련해 줄 것이다.

언젠가 나를 부자로 만들어 줄 것이고,
언젠가 몸무게를 30킬로그램 빼게 해서
나를 근육질 몸으로 만들어 줄 것이다.

아직 안 읽었지만
언젠가 읽으려고 샀다.

그 책을 가지고 있는 한,
나는 언젠가 다시 태어날 것이다.

내가 다섯 살 때 쓴 책이다.
엄마가 도화지를 잘라
스테이플러로 찍어 주셨다.

물고기랑 공룡이랑
그 시절 기르고 싶었던 동물들을
한 페이지에 한 마리씩 그렸다.

그 책을 만들 때 나는 무척 즐거웠다.
내가 그린 그림을 엄마가 칭찬해 줄 때면
기분이 너무 좋았다.

지금, 책 쓰는 일을 직업으로 삼고 있는 것도
어쩌면 그때의 기분을 다시 한번
느끼고 싶어서인지 모르겠다.

안에 머리카락이 끼워져 있었다.
며칠 전 중고 책방에서
무심코 산 책이다.

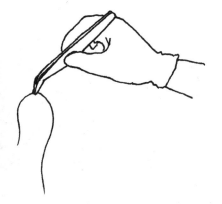

여섯 장으로 된 책인데,
각 장의 마지막 페이지마다
머리카락이 하나씩.

길이도 색깔도 모두 달랐다.

실제로 일어난 미스터리 연쇄 살인 사건만큼이나
섬뜩한 책이었다.

그 책은

쓸데없는 얘기만 잔뜩 쓰인 책이었다.
얼마 전에 버리려고 마음먹었다가
쓰레기통에 넣기 직전에 퍼뜩 떠올랐다.

그 책에서는 뭐라 설명할 수 없는
이상야릇한 냄새가 났다.
이전에 어디선가 맡아 본 듯한 냄새.

하지만 어떤 냄새인지
도무지 생각나지 않았다.

뭐였더라? 계속 마음이 쓰여
매일 밤 잠들기 전에
그 책 냄새를 맡는다.

언젠가 돌려줄 물건이다.
그리 친하지 않은 친구가
빌려준 책이다.
물론 읽지 않았다.

일부러 돌려주러 가기도 귀찮아
자꾸 나중으로 미루고 있다.
꽤 귀한 책 같아서
버릴 수도 없다.

그 친구는 나한테 책을 빌려준 일을
기억이나 할지 모르겠지만
재차 확인하기도 귀찮다.

이대로 영영 내 방에
자리 잡고 있을 듯한 예감이 든다.

그 책은 누군가에게 $\frac{1}{4}$ 을 갚아 먹혔다.

다섯째 날 밤

（그） 책은 꽃밭에 두면 사랑스러워 보인다. 콘크리트 위에 두면 고독해 보인다. 정글에 두면 야생 동물처럼 보인다.

싫어하는 사람이 들고 있으면 재미없어 보인다. 웃는 사람이 들고 있으면 왠지 재미있어 보인다.

하지만 그 책은 책장에 꽂아 놓으면 그리 눈에 띄지 않는다.

모든 순간, 책 내용은 똑같은데도.

(그) 책은 "젊을 땐 잘나갔지."라는 말을 입에 달고 산다.

젊을 땐 잘나갔다고 우쭐거리며, 늘 책장에서 잘난 척한다.

다른 책들은 귀찮아하면서도 그 책의 자랑을 받아 준다.

㉠ 책은 너덜너덜했다. 중고 책방에 있는 책 가운데 가장 낡았다. 오래돼도 새 책처럼 깨끗한 책도 있고 그럭저럭 깔끔한 책들도 많지만, 그 책은 유독 너덜너덜했다. 손님들도 그 책에 손대지 않으려 조심하며 주변 책을 꺼내곤 했다.

그 책이 불쌍하다고?

대부분의 책은 한 번, 기껏해야 세 번 정도 읽히고 나면 책장에 도로 꽂히거나 버려지지만, 그 책은 주인이 되풀이해 읽었다. 100번이고 200번이고 읽었다. 그 책은 주인이 아이였을 무렵에 엄마가 사 준 책이었다. 처음 읽었을 때 아이는 그 책을 좋아하지 않았다. 재미가 없다며 그냥 밀쳐 두었다. 하지만 사실 재미가 없었던 게 아니라 뜻을 이해하지 못한 것이었다. 아이는 한참 후에 다시 한번 그 책을 읽었고, 이런 내용이었구나 새삼 깨달았다. 처음 읽었을 때는 전혀 몰랐던 내용이었다.

그 일이 있고 나서 그 책의 주인은 '언제 읽느냐'에 따라 책의 재미가 달라진다는 사실을 깨달았다. 주인은 그 기쁨을 누리려고 몇 번이고 그 책을 다시 읽었다. 읽을 때마다 새로운 게 보였다. 모르는 사람들뿐인 낯선 장소에 갈 때면, 주인은 늘 그 책을 가져가 읽었다. 그러면 외롭지 않았다.

그 책이 자신을 지켜 주는 것 같았다.

사랑하는 사람이 생기면 신나서 그 책을 소개했다. 애인도 그 책을 읽었다. 둘이서 즐겁게 그 책 이야기를 나눴다.

친구와 술을 마시다 취하면 그 책이 자신에게 가르쳐 준 것들, 자신에게 용기를 준 일, 자신을 도와주었던 일을 주저리주저리 떠들어 댔다. 그럴 때마다 그 책은 기뻤다. 주인은 노인이 되어서도 계속 그 책을 읽었다.

노인이 된 주인은 그 책과 똑같은 책을 어린 손주에게 선물했다.

낡디낡은 그 책은 언제까지나 노인의 책이었다.

어느 날, 그 책과 노인이 헤어질 시간이 다가왔다. 노인은 침대맡에 둔 책을 더 이상 펼쳐 볼 수 없었고, 삶의 마지막 순간이 왔을 때 표지만 가만히 쓰다듬었다.

주인과 이별한 그 책은 돌고 돌아 이제 중고 책방 서가에 꽂혀 있다.

그 책은 자신을 소중히 들고 페이지를 넘기던, 먼 옛날 주인의 작고 여린 손을 기억한다. 그리고 자신을 한 손에 쥔 채 페이지를 넘기던 주인의 크고 따스한 손도 기억한다.

다른 책은 반짝반짝 빛났지만 그 책은 해지고 너덜너덜했다. 하지만 그 책은 무척 행복했다. 그 책은 책 속에 쓰인 이야기와는 또 다른 이야기를 하나 더 품고 있다.

그 책은 인기 밴드의 멤버이다.

멤버를 소개하겠습니다! 기타에 오오즈카!

"지이이이이잉!"

이어서 베이스에 나카무라!

"둔둔둔둔둔둔!"

다음은 드럼에 히라이!

"쿵쿠르궁쿵, 챙!"

그리고 마지막은, 그 책!

"팔락팔락팔락, 팔락팔락!"

신곡을 들려 드리겠습니다! 〈빌린 책, 돌려주지 않을 거야!〉

（그） 책은 나를 잘 따라서 늘 오른쪽 어깨에 올라타곤 했다. 처음에는 당혹스러웠으나 익숙해지자 점점 귀엽게 느껴졌다. 다만 그 책은 꼭 오른쪽 어깨에만 올라타서 몸의 균형이 무너졌다.

왼쪽 어깨에도 비슷한 무게의 뭔가를 올려놓으면 좋겠는데?

스케이트보드? 너무 무겁다. 탁구공? 너무 가볍다. 딱 맞는 무게를 찾기가 쉽지 않았다.

오므라이스? 그래, 오므라이스가 딱이네.

ⓒ 책은 강철보다 단단하지만 때로는 두부보다 부드럽다.

장난삼아 그 책으로 친구 머리를 톡 쳤는데 치명상을 입힐 뻔하거

나, 확 펼쳐서 읽으려다가 책 모양이 망가질 뻔하는 등 다루기가 무척

어렵다.

ㄱ 책은 한가운데에 구멍이 뚫려 있다. 턴테이블에 올려놓고 바늘을 얹으면 이야기를 낭독해 주어, 가끔 한밤중에 혼자 읽는다.

여섯째 날 밤

그
책은

목표를 향해 노력했지만 끝내 이루지 못한
사람들의 이야기가 한가득 적혀 있는 책이다.

이런저런 이유로 마음먹은 일을 해내지 못했던 사람들의 이야기.

하나의 미래를 잃고
다른 미래를 찾을 때까지의 이야기.

"나만 괴로운 게 아니구나."라는 사실을 깨달으려고,
다양한 사람들의 이야기를 통해 다시 일어설 방법을 찾으려고,
아버지가 만들고자 했던 책이다.

아버지는 이야기를 다 모으면
마지막으로 자신의 이야기를
넣으려 했다.

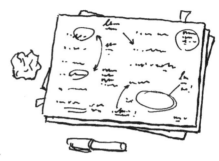

희망을 다시 찾은 자신의 모습을
결말로 삼고 싶었던 것이다.

희망을 잃은 자신에게
그리고 세상 사람들에게
용기를 주고 싶었으니까.

하지만 아무리 이야기를 모으고
아무리 시간을 들여도
아버지는 희망을 발견할 수 없었다.

아버지는 초조해하고 괴로워하다
결국 절망하고 말았다.

이제는 안다.

슬픔이 사라지지 않는 사람도
있다는 것을.

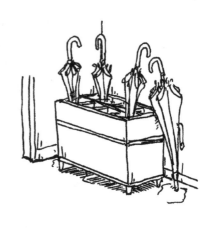

자신이 정한 철칙을
고수할 수 없는 사람도
있다는 것을.

설령 즐겁지 않다 해도
그게 잘못된 일은 아님을.

비록 철칙을 고수할 수 없다 해도
그게 삶을 포기할 이유가
될 수는 없음을.

아버지에게 알려 드리고 싶었지만
아버지는 진지하고 고집스러운 분이어서
받아들이지 못했을 것이다.

아버지가 쓰고 내가 완성해 세상에 내놓은 그 책은
아버지 자신을 구하지는 못했다.
그러나 아버지의 노력, 아버지가 수집한 무수한 이야기,
아버지의 인생은 수많은 사람을 구했다.

누구도 자기 자신을 구할 수는 없다.
다른 누군가를 구할 뿐.

그렇기에 누군가를 구하기 위해 노력해야 한다.
다른 누군가로부터 구원받기 위해.

이 책에 뭔가 메시지가 있다면
바로 그것일지 모르겠다.

일곱째 날 밤

그 책은 아무도 죽지 않는 내용의 책이다.

5학년이 되고 얼마 지나지 않아 다케우치 하루가 전학을 왔다. 다케우치 하루는 조금 쑥스러운 듯, 그러나 또랑또랑한 말투로 자기 이름을 말하더니 다음과 같이 덧붙였다.

"장래 희망은 그림책 작가입니다."

그 순간 반 아이들 모두가 교실 맨 뒷자리에 앉은 나를 돌아봤다.

나도 커서 그림책 작가가 되고 싶다고 말한 적이 있기 때문이다. 다케우치 하루는 왜 반 아이들이 다 같이 뒤돌아보는지 의아한 눈치였다. 하지만 곧 누군가 "미사키랑 똑같네."라고 중얼거리는 소리를 듣고 상황을 이해한 것 같았다. 일부러 나를 돌아보는 반 아이들의 행동도 유치했고, 묻지도 않았는데 장래 희망을 말하는 전학생도 마음에 들지 않았다. 자기소개가 끝나자 선생님은 다케우치 하루에게 교실 가운데 쪽 자리에 앉으라고 했다. 왁자지껄하던 교실이 조용해지고 평소처럼 수업이 시작되자 다케우치 하루가 딱 한 번 뒤돌아 나를 봤다.

다케우치 하루는 금세 친구를 사귀었고 반 분위기에 적응했지만 어쩐지 내 눈에는 이질적으로 보였다. 그림책 작가가 되고 싶다는 말이 마음에 걸렸던 건지도 모르겠다. 다케우치 하루는 피부가 하얘서 팔의 푸른 혈관이 어슴푸레 들여다보였다. 다른 사람보다 빛을 많이 받는 것 같기도 했고, 스스로 빛을 내는 것 같기도 했다. 빗으로 깔끔히 정리한 검고 가지런한 단발머리는 삐져나온 머리카락 한 올 없이 단정했다. 눈초리가 길게 찢어진 두 눈에 감정이 고스란히 드러났고 흥미로운 대상을 발견하면 눈이 크게 휘둥그레졌다. 무엇보다 목소리가 인상적이었다. 작지만 분명했고, 평범한 발성임에도 울림이 있어서 감정을 솔직하게 전달했다. 그런 순수함이 나의 비뚤어진 감정을 비난하는 것처럼 느껴졌다.

✐

복도 게시판 옆을 지날 때면 어쩔 수 없이 그곳에 전시된 그림에 눈이 갔다. 우리 학교에서는 학생들이 그린 그림을 학년별로 한 장씩 뽑아 복도에 전시하곤 했다. 내가 그린 그림은 1학년 때부터 한 번도 빠짐없이 전시되었다. 그래서 복도를 지날 때마다 내 그림에 자꾸 마음이 갔지만 친구와 함께 있을 때는 아무렇지 않은 척해야 했다. 자기가 그린 그림을 보고 헤헤거리는 얼간이라고 놀림받고 싶지 않았으니까.

"공원 어디서든 그리고 싶은 풍경을 찾아서 그리세요."
선생님이 말하자, 선생님을 둘러싼 반 아이들이 고개를 끄덕였다. 남자애 몇몇은 그네로 뛰어갔다.

"선생님, 식물을 그려도 되나요?"

늘 뻔한 질문을 하는 다나카.

"네, 식물도 풍경이에요. 새나 구름은 움직여서 계속 관찰할 수 없으니 주의하고요."

선생님도 다나카 못지않게 뻔한 대답을 했다.

다케우치 하루가 전학 온 이후로 수업 시간에 그림을 그리는 건 처음이었다. 나는 그림을 그리는 반 아이들의 모습까지 담긴 공원을 그리고 싶어서, 모두와 거리를 두고 공원 전체를 볼 수 있는 위치에 혼자 자리를 잡았다. 다케우치 하루는 친한 여자애 셋이랑 그네 옆에 앉아 있었다. 나도 모르게 눈길이 갔다.

"우아, 하루 대단하다!"

누군가의 목소리를 듣고 붓을 멈췄다. 다른 여자애들도 다케우치 하루 주위로 모여들어 그림을 칭찬했다.

"아직 다 못 그렸어."

다케우치 하루는 부끄러운 듯 그렇게 말하는 것 같았다. 잘 들리진 않았지만.

"나무 한 그루 한 그루에 5월의 빛이 비쳐 드는 걸 잘 관찰했네요."

며칠에 걸쳐 완성한 다케우치 하루의 그림을 담임 선생님이 극찬했다. 딱히 그림을 잘 아는 것도 아니면서 잘난 체하듯 평가하는 게 짜증 났다. 내 그림은 당연하다는 듯 늘 아무 언급 없이 복도에 전시되었는데…….

이번에 전시된 다케우치 하루의 그림 앞에 아이들이 몰려들었다.

"사진이네." 하고 누군가 말했다. 칭찬으로 한 말일 테지만, '사진 같다면 차라리 그냥 사진을 걸면 되지.' 하고 분노에 찬 목소리가 내 머릿속에서 울려 퍼졌다. 애들이 나를 불쌍하게 쳐다보는 것 같았다. 복도에서 수다를 떨고 있는 다른 반 아이들도 내 흉을 보는 것처럼 느껴져서 괴로웠다.

쉬는 시간에 책상에 뺨을 대고 창밖을 바라봤다. 담임 선생님이 말한 '5월의 빛'은 대체 뭐지? 빛이야 계절에 따라 변하겠지만, 거기다 5월을 갖다 붙일 게 뭐람. 손을 밑으로 뻗어 책상 안쪽 바닥을 두드리자 악기처럼 둥둥 소리가 메아리쳤다.

"뭐 해?"

얼굴을 들어 앞을 쳐다보니 다케우치 하루가 서 있었다.

"그냥……."

"시끄러웠어."

"정말?"

"진짜야. 책상을 두드려 대서 무슨 일이 있나 했지."

"아, 책상에 귀를 대고 있어서 나한테만 들리는 줄 알았어."

"그랬구나. 소리가 울렸는데."

"그래, 미안."

할 말은 끝난 것 같은데 다케우치 하루가 자리를 뜨지 않고 가만히 서 있어서 난감했다.

"네가 그린 공원 그림 멋졌어. 그림 참 좋더라."

다케우치 하루가 내 눈을 쳐다봤다.

"별거 아니야."

목소리가 떨리지 않도록 잔뜩 신경을 썼다.

다케우치 하루는 고개를 옆으로 저었다.

"그곳에서 그림을 그리는 애들까지 다 그리다니, 난 생각도 못했어. 재밌었어."

다케우치 하루의 동그래진 눈에 내가 비쳤다.

"고마워."

얘는 왜 굳이 이런 말을 하는 걸까.

"평소 같았으면 네 그림이 뽑혔을 텐데. 난 전학생이고 네 그림이 대단하다는 건 이미 전교생이 다 알아서 그런 걸 거야."

다케우치 하루의 말이 조금 빨라졌다.

"아냐, 다케우치 하루의 그림 좋았어. 공원 어디에서 그 그림을 그렸을까 궁금해서 수업 끝나고 혼자서 여기저기를 걸어 봤는데, 그림이랑 똑같은 풍경이 보이는 곳은 못 찾겠더라."

내 말을 듣고 다케우치 하루는 조금 놀란 표정으로 희미하게 "엇?" 하고 소리를 냈다.

"너 혼자 돌아다니면서 찾아봤다고?"

"응, 어딜까 하고."

다케우치 하루의 볼이 발그레해지는 걸 보면서 내가 그 애의 그림에 관심이 있음을 빤히 드러내고 말았다는 걸 뒤늦게 깨닫고 부끄러워졌다. 내 그림을 칭찬하는 바람에 마음이 편해졌던 모양이다.

"그거 말이야, 공원에 있는 그네를 서서 타다가, 은행나무 속이 훤히 보이는 게 기분 좋아서."

다케우치 하루는 쑥스러운 것 같기도, 흥분한 것 같기도 했다.

"그렇구나. 그냥 공원에 앉아서 그렸다면 은행나무 너머의 풍경은 보이지 않았을 텐데. 그네를 서서 탔을 때의 시선이구나."

"응, 시선을 좀 더 높게 잡은 그림. 그걸 알아봐 준 사람은 네가 처음이야. 고마워."

"그건 그렇고, 다케우치 하루는 그네를 서서 타는구나."

"응, 엄청 잘 타."

다케우치 하루는 웃었지만 나는 교실의 다른 아이들이 우리가 이야기하는 모습을 어떻게 볼지 몰라 조마조마했다. 종이 울리자 다케우치 하루는 "또 봐." 하고 제자리로 돌아갔다.

"또 봐."라니 뭐지. 그림 이야기를 또 하자는 걸까? 그 생각을 하고 있는데 다케우치 하루가 나를 돌아보며 빙긋이 웃었다.

이튿날 아침 내 책상 서랍에 새하얀 노트가 들어 있었다. 고개를 들어 교실을 둘러보는데 방금 전 인사할 타이밍을 놓쳐 지나쳤던 다케우치 하루가 이쪽을 보며 미소 지었다.

새 노트를 펼칠 때면 늘 설레지만 노트를 펼치는 손이 이렇게나 떨린 적은 처음이었다. 노트 첫 페이지에는 아무것도 쓰여 있지 않았다. 뒷장을 펼치자 바다를 헤엄치는 가오리가 그려져 있었다. 웬 가오리 그림일까 싶었지만 특별한 이유는 없는 듯했다. 가오리의 입에는 만화에 나오는 말풍선이 달려 있었는데, 말풍선에는 아무것도 쓰여 있지 않았다.

"있지."

갑자기 들려온 소리에 놀라 얼굴을 들자 다케우치 하루가 서 있었다.

"가오리가 뭐라고 말할 것 같아?"

그 말을 남기고 다케우치 하루는 자기 자리로 돌아갔다. 나는 말풍선에 가오리 대사를 적었다.

"내 몸은 얇아서 책받침으로 써도 돼."

나도 내가 무슨 말을 하는 건지 이해할 수 없었다.

2교시가 끝나고 쉬는 시간, 다케우치 하루의 책상 서랍에 노트를 슬쩍 넣어 놨다. 3교시가 시작될 때 다케우치 하루는 노트가 들어 있는 것을 눈치채고 노트를 펼쳐 본 것 같았다. 잠시 후 다케우치 하루의 어깨가 위아래로 들썩였기 때문이었다. 웃고 있는 듯싶어 기분이 좋았다. 다케우치 하루는 수업에 쓰는 노트 밑에 새하얀 노트를 숨겼다. 나는 노트에 기린 그림을 그리고 다케우치 하루가 했던 것처럼 말풍선을 달아 놓았다. 다케우치 하루는 기린의 대사를 고민하고 있는 걸까? 수업이 다 끝난 뒤, 하얀 노트는 다시 내 책상 서랍에 들어 있었다.

두근대는 마음으로 노트를 펼치자, 기린이 "나 얼굴 작지?" 하고 내게 말을 걸었다. 기린의 특징은 얼굴이 작은 것보다 목이 긴 거 아닌가 하는 생각이 들었다. 기린 그림 뒷장에는 늑대가 그려져 있었다. 늑대의 입에도 말풍선이 달려 있었다. 집에 가서 늑대의 대사를 뭐라고 쓸지 고민해 보기로 했다. 늑대의 대사는 "울고 싶지 않아아아아아아!"로 했다. 이 또한 내가 쓰면서도 무슨 말을 하는 건지 알 수 없었다.

그 후로도 노트 교환은 계속됐다. 하루에 한 번, 많을 때는 두 번 정도 주고받았다. 다케우치 하루보다 더 재미있는 그림을 그리고 싶었고 다케우치 하루보다 더 재치 넘치는 대사를 써넣고 싶었다. 무엇보다 내가 그린 그림과 대사를 보고 다케우치 하루가 웃음을 터트리는 게 좋았다.

집으로 돌아와 욕조에 들어가 있을 때도, 자기 전 불을 끄고 누워서도 그림과 대사가 머릿속에서 맴돌았다. 늘 다케우치 하루와 함께 지내는 것 같았다. 잠이 오지 않는 밤에는 새하얀 노트를 펼쳐 지금껏 주고받은 우리의 이야기를 다시 읽었다.

다케우치 하루가 그린 가오리는 "내 몸은 얇아서 책받침으로 써도 돼."

라고 말했다. 다케우치 하루가 그린 늑대는 "울고 싶지 않아아아아아!" 하고 울었다.

바로 며칠 전에 쓴 글들인데도 벌써 그때가 그리웠다.

다케우치 하루가 그린 홈런 타자는 "미운 놈 집 창문을 노리고 있어요."라고 말했다.

다케우치 하루가 그린 고릴라는 "고장 날까 봐 가슴을 칠 수 없어요."라고 아쉬워했다.

다케우치 하루가 그린 긴팔원숭이는 "왼팔이 2센티미터 더 길어요."라고 말했다.

다케우치 하루가 그린 곰은 "좀 더 가까이 와서 야생 곰인지 인형인지 확인해 봐. 냄새로 알 수 있을지도 모르지."라고 유혹했다.

다케우치 하루가 그린 레서판다는 "교육위원회 여러분! 선생님이 서 있으래요."라며 울었다. 이 그림의 눈물은 내가 마음대로 그려 넣었다.

다케우치 하루가 그린 티라노사우루스가 "와웅우우우우우우!" 하고 소리쳤다. 페이지 끄트머리에 "잘 좀 해!"라고 써넣은 다케우치 하루의 글씨가 보였다. 티라노사우루스의 대사를 좀 더 성의껏 고민하라는 말일 것이다.

다케우치 하루가 그린 행렬을 이끄는 개미는 "리더의 중압감, 끄떡없어요."라고 중얼거렸다.

다케우치 하루가 그린 달리기 선수는 "뒤로 달리고 있어요."라며 까불었다.

다케우치 하루가 그린 해골은 "속이 다 비쳐서 부끄러워요." 하며 수줍어했다.

다케우치 하루가 그린 도마뱀은 "나랑 똑같이 생긴 문신을 한 사람에게 다가갔더니 깜짝 놀라며 도망쳤어요. 어떻게 된 일이죠?" 하고 물었다.

다케우치 하루가 그린 황소개구리는 "뛴다? 괜찮지?" 하고 협박했다. 다케우치 하루는 노트 구석에다 작은 글씨로 "황소개구리가 뛰면 무서워."라고 적어 놓았다.

다케우치 하루가 그린 그림에는 내가 말풍선 대사를 적었다. 그리고 내가 그린 그림에는 다케우치 하루가 대사를 썼다. 숙제 같은 건 아니었지만, 놀이인지 훈련인지 점점 아리송했다.

다시 봐도 다케우치 하루가 그린 그림은 생동감이 넘쳤다. 그림의 앞뒤를 쉽게 상상할 수 있는 그림이어서 말풍선에 적을 말이 바로 떠올랐다.

그에 비해 내 그림은 어떨까? 다케우치 하루의 그림보다 화려함이 부족해 보였다. 내 성격의 어두운 부분이 그림에 스며든 듯했다. 지금껏 그런 걸 의식한 적이 없었는데 다케우치 하루의 그림을 보고 있으면 자연히 그런 생각이 들었다.

쉬는 시간에 앉아 있으면 다케우치 하루가 자주 말을 걸곤 했다. 나는 앉은 채 다케우치 하루와 이야기를 나누기도 하고 하던 일을 멈추고 함께 창밖을 바라보기도 했다.

"지난번에 집에서 노트를 다시 읽어 봤는데, 네 그림 재밌더라. 말풍선 대사도 티라노사우루스 말고는 다 좋았어."

다케우치 하루의 목소리는 맑고 투명하고 따스해서 듣고 있으면 마음이 차분해졌지만, 같은 공간에서 함께 숨을 쉴 때면 불쑥 불안감이 밀려들기도 했다. 목소리와 표정이 너무나 다정해서인지도 모르겠다. 나를 향한 관심과 다정함과 시간이 내가 아닌 다른 누군가를 향하게 되면 어쩌지 하는 생각이 때때로 들곤 했다. 나중에 상처받을 게 두려워 친해지지 않으려고 거리를 두려 한 적도 있었다. 하지만 그건 이미 나에게 어려운 일이었다. 아침에 학교에 가면 다케우치 하루부터 찾는다. 어떤 목소리로 인사를 건넬지 전날 밤부터 고민한다.

"너 다케우치 좋아하지?"

같은 반 아이가 이 말을 했을 때, 순간 머리가 아득해지면서 어리둥절했다. 분명 주위 사람들에게는 그렇게 보였을 터였다. 다른 남자애도 다케우치 하루와 나 사이를 놀린 적이 있었다. 다케우치 하루를 처음 본 2개월 전이라면 허둥대며 잡아뗐겠지만 지금 내 마음은 다르다. 누군가를 그렇게 놀리면서 재밌어하는 친구가 유치하다는 생각마저 들었다.

"다케우치는 전학 와서 그 사건을 모르나 보네."

야비한 미소를 짓는 반 친구를 짓밟아 주고 싶었다. 분명 나에게는 다케우치 하루에게 숨기고 싶은 일이 있다. 다케우치 하루가 아직 그 일을 모른다는 사실이 나를 불안하게 만드는 것도 맞지만 그게 다는 아니다.

다케우치 하루는 다정한 아이지만 그 애의 그림과 대사에는 어딘지 모를 위험이 도사리고 있어 나를 자극했다. 그런 면에서 다케우치 하루는 결코 다정하기만 한 존재가 아니었다. 나는 과연 이런 그림을 그릴 수 있을까? 다케우치 하루의 영향을 지나치게 많이 받는 건 아닐까? 함께 있으면 재밌고 그림 이야기를 하는 것도 즐거웠다. 학교에 있으면 다케우치 하루의 모습만 좋았다. 아니, 학교 밖에서도 자전거가 지나갈 때마다 다케우치 하루인지 쳐다보게 됐다. 집에서도 밖에서 누군가의 목소리가 들리면 다케우치 하루가 아닐까 하는 마음에 베란다에 나가 슬쩍 밖을 엿봤다. 좋아하는 건 맞지만 어쩌면 그보다는 그림을 잘 그리는 사람을 향한 동경이랄까, 부러움과 두려움이 뒤섞인 감정에 더 가까울 것이다.

"저기, 내 얘기 듣고 있어?"

"응, 나도 다시 읽어 봤어. 흠, 다케우치 하루의 그림은 당장이라도 움직일 듯이 멋진데 내 그림은 멈춰 있어.”

“안 그래. 지렁이 그림은 기분 정말 더러웠어.”

“아, 지렁이.”

“기분 더럽다는 말은 칭찬이야. 그림을 보며 그런 생각이 들게 하다니, 정말 대단하잖아?”

“그런가?”

“응, 진짜로.”

“지렁이 말풍선에는 뭐라고 적었지?”

“음, ‘도로에 찌부러진 지렁이는 미래의 나입니다.’ 라고.”

“대사도 기분 더럽네.”

“네 그림에 끌려가는 기분이야.”

“엇, 그런 느낌이 들 때가 있어?”

“있지. 그림 그리다가 문득 이건 미사키가 하는 방식인데, 전에 다니던 학교에선 이런 식으로 그리지 않았는데. 그런 생각들?”

“그렇구나.”

이전 학교 얘기가 나오니 문득 불안했다. 다케우치 하루는 전학 오기 전에도 누군가와 이런 노트를 주고받았을까?

표지가 지저분해진 노트를 펼치며 다케우치 하루가 혼자 웃었다.

"너는 뭘 그릴지 어떻게 정해?"

"그냥 대충."

"기린, 지렁이, 치과 의사, 고이노보리*, 민달팽이, 메기, 오징어, 돌고래, 오이, 제비, 두개골, 경찰, 루빅큐브."

다케우치 하루는 재미있다는 듯 노트를 훌훌 넘기며 웃었다.

"고이노보리 아닌데."

"정말? 이 고이노보리, 진짜 무섭고 웃겼는데! 식인 고이노보리 아냐?"

다케우치 하루의 눈이 커졌다. 눈동자가 갈색이다.

"뭐야, 식인 고이노보리라니. 실러캔스**야."

"아, 실러캔스구나! 엇, 그럼 내가 쓴 대사 보고 무슨 말인지 이해 못했겠네?"

다케우치 하루가 내 왼쪽 어깨에 오른손을 얹었다.

"응, 뭐였지? '바람은 배가 안 불러.'였나?"

"비슷해. '바람은 이미 먹었다. 오므라이스를 달라.'였어."

다케우치 하루가 웃으며 말했다.

---

*남자아이의 성장과 출세를 상징하는 일본의 잉어 깃발이다. 어린이날인 5월 5일을 기념하기 위해 만든다.

**몸은 1.5미터 정도 길이로 배지느러미와 가슴지느러미가 큰 바닷물고기.

"무슨 말인지 잘 모르겠는데."

"응, 이 대사 쓰던 날 저녁밥이 오므라이스였거든."

"대충 썼네."

"티라노사우루스보다는 낫지!"

다케우치 하루가 웃었고 나도 따라 웃음이 터졌다.

집으로 와서 다케우치 하루와 교실에서 나눴던 대화를 곱씹으며 노트를 펼쳤다.

내가 그린 기린은 "나 얼굴 작지?" 하고 물었다.

내가 그린 지렁이는 "도로에 찌부러진 지렁이는 미래의 나입니다."라고 예언했다.

내가 그린 치과 의사는 "아프면 두 손 두 발을 들어 알려 주세요."라고 안내했다.

내가 그린 실러캔스는 "바람은 이미 먹었다. 오므라이스를 달라." 하고 요구했다. 그러고 보니 고이노보리라면 어울릴 만한 대사였다.

내가 그린 민달팽이는 "마요네즈 뿌려도 안 녹아요."라고 화를 냈다.

내가 그린 메기는 "내 수염이 두 개뿐인 줄 알았지? 더 있어."라고 말했다.

내가 그린 오징어는 "살아 있을 때는 흰색이 아니었어요." 하고 수줍어했다.

내가 그린 돌고래는 "나, 작은 이빨 많지?" 하고 잘난 척했다.

내가 그린 오이는 "내 꿈은 캇파*가 나를 맛있게 먹어 주는 거랍니다!"라고 말했다. 오이가 먹음직스러워 보였다.

내가 그린 제비는 "비가 내려도 마음만은 높이 날아요."라고 말했다.

내가 그린 두개골이 "외로워." 하고 말하는데 섬뜩했다.

내가 그린 경찰은 "다들 경찰차만 쳐다본다니까." 하고 슬퍼했다.

내가 그린 루빅큐브는 "색을 다시 칠하는 방법도 있어." 하고 잔꾀를 알려 줬다.

새하얀 노트 표지는 뭔가를 흘린 자국과 손때로 얼룩덜룩했다. 노트는 우리가 그린 수많은 그림과 이상한 대사로 가득했다.

"하얀 노트를 다 채우면 어떻게 할까?"

수업이 다 끝난 뒤 교실에서 다케우치 하루가 물었다. 새 노트로 계속이어 가고 싶지만 내가 먼저 제안해도 될지 망설여졌다. 운동장에서 노는

*상상 속 일본 요괴로 뭍과 물에 산다.

아이들의 목소리가 들렸다. 교실에는 나와 다케우치 하루 둘만 남았다.

다케우치 하루는 내 책상 옆 고리에 걸어 놓은 모자를 들어 장난스레 썼다. 창문으로 비쳐 드는 석양이 교실의 절반을 빨갛게 물들였다. 빛은 계절뿐 아니라 시간에 따라서도 다채롭게 변한다는 걸 새삼 느꼈다.

"이번에는 교환 일기로 할까?"

다케우치 하루의 목소리가 귀에 들어온 순간 내 얼굴에 은은한 미소가 번졌을지도 모른다. 설레는 마음을 억누르며 "웬 교환 일기?" 하고 묻자 다케우치 하루는 "우리 둘 다 그림책 작가가 되려면 그림 그리고 이야기 쓰는 연습을 많이 해야 하잖아?" 하고 모자를 쓴 채 당연하다는 듯 말했다.

"그렇기는 한데. 일기 같은 건 쓴 적 없는데."

"난 일기는 써 봤는데 교환 일기는 처음이야."

그 말이 기뻤다.

"누구부터 쓸까?"

"내가 서점에서 새 노트를 사 올게. 너는 왠지 아저씨 같은 노트를 살 것 같으니까."

"나도 잘 고를 수 있는데."

"됐어. 학원 갔다 오면서 들르면 돼. 마침 보고 싶은 것도 있어서."

"알았어. 그럼 너한테 맡길게."

"응, 예쁜 걸로 사 올게."

6월 19일(수) 다케우치 하루

오늘부터 잘해 보자. 새 노트가 마음에 들었으면 좋겠다. 천천히 노트를 고르는데 서점 주인아주머니가 계속 의심스러운 눈초리로 나를 쳐다봤어. 도둑질하는 것도 아닌데 가슴이 두근거려서 기분이 이상했어. 교환 일기, 함께해서 좋아. 너무 열심히 하면 오래 못 가니까, 한 장 가득 써도 되고 딱 한 줄만 써도 되고, 분량은 그렇게 규칙을 정하자. 어때?

6월 20일(목) 미사키 신이치

오늘부터 첫 교환 일기를 시작한다. 이 처음은 영원한 처음이니까 소중히하고 싶다. 우선은 노트를 사다 줘서 고맙다는 인사부터 하고 싶다. 아니, '인사부터 쓰고 싶다.'가 맞는 표현인가. 그런데 설마 원래 쓰던 거랑 똑같은 새하얀 노트를 사 올 줄은 생각도 못했다. 역시 다케우치 하루다. 장문이어도, 단 한 줄이어도 괜찮다는 규칙은 좋다. 교환 일기 이렇게 쓰면 되는 건가?

6월 21일(금) 다케우치 하루

뭔가 딱딱해. 할아버지랑 교환 일기 쓰는 기분이야. 좀 더 자유롭게 써도 좋을 듯.

이 노트에 애착이 많아서 그런지 결국은 이걸 골랐네.

6월 22일(토) 미사키 신이치

미안. 편하게 써도 되는 거지? 마룬마룬 펜펜, 마룬마룬 펜펜, 티라노사우루스 '와웅우우우우우!!!' 이런 거 말이지?

6월 24일(월) 다케우치 하루

그런 건 안 되지. 무슨 뜻인지 알 수가 없잖아. 하지만 솔직히 무슨 뜻인지 모르겠는 것도 좋아해……. 티라노사우루스가 내는 소리만은 정말 괴로우니까 하지 말아 주길.

6월 25일(화) 미사키 신이치

장난쳐서 미안. 그런데 장난이라도 치지 않으면 너무 어색해서.

티라노사우루스 대사를 고쳐 봤어.

"선생님, 질문 있습니다. 티라노사우루스는 공룡이라고 생각해도 되는 거죠?"

이건 어때?

6월 26일(수) 다케우치 하루

큰일이네. 늘 뻔한 질문을 하는 다나카랑 똑같잖아. 별로야, 미사키의 그런 태도!

6월 27일(목) 미사키 신이치

자꾸 떠올라서 말이야. 질문에 대한 선생님의 대답도 놀랄 만큼 평범했잖아.

"새나 구름은 움직이니까 주의하고요!"

5학년을 너무 어린애 취급하는 것 같지 않아?

6월 28일(금) 다케우치 하루

한참 웃었어. 선생님이 한 말이지. 나도 황당했어! 그런데도 움직이는 반 아이들을 그려 넣은 미사키의 그림은 좋았어. 그런데 이건 딴 얘긴데, 미사키는 왜 나를 부를 때 '다케우치 하루'라고 성하고 이름을 다 불러? 그럼 좀 이상하지 않아?

6월 29일(토) 미사키 신이치

다케우치 하루, 좋은 이름인 것 같아서. 위인들을 부를 때 성이랑 이름을 다 부르잖아? 그렇게 부르는 게 당연하다고 생각했는데 그러고 보니 다케우치 하루를 부를 때만 성이랑 이름을 다 불렀네. 앞으로 어떻게 부를까?

자기소개 때 너무 강한 인상을 받아서 그랬는지도.

5월의 전학생이라니, 흔치 않잖아? 1학기가 시작되는 달에 왔으면 전학생이라고 소개하지 않아도 되는데? 질문만 늘어놓아서 미안.

7월 1일(월) 다케우치 하루

뭐라고 불러도 상관없어. 다케우치라고 해도 되고 하루*라고 불러도 되고 다케우치 하루라고 해도 되고. 그렇지만 학교에서는 하루라고 부르면 못 들은 척할지도 몰라. 이름 좋다고 칭찬해 주니 기분 좋네. 아빠가 지어 줬거든. 그런데 난 가을에 태어났어.

5월의 전학생은 흔치 않겠지. 갑작스레 전학을 오게 됐거든.

*일본어로 '봄'을 뜻한다.

7월 3일(수) 미사키 신이치

네가 모른 척하는 건 싫으니까 다케우치라고 부를게.

다케우치 아키*라는 이름도 어울리지만 하루가 훨씬 나아. 하루가 어울려. 왜 전학 온 거야?

7월 5일(금) 다케우치 하루

전학 온 이유를 쓰려다 보니 하루를 넘기고 말았네. 미사키에게는 말해 주고 싶지만 조금 더 기다려 줘!

7월 6일(토) 미사키 신이치

오늘은 짜증 나는 날이네. 난 괜찮은데 넌 어때? 애들이 이 일기 읽었을까? 선생님 책상 서랍에 숨기다니 너무했어. 애들한테 들킨 거면 이제 그냥 직접 주고받을까? 혹시 이상한 말을 들었다면 미안. 교환 일기 무리해서 계속하지 않아도 돼. 진짜로.

*일본어로 '가을'을 뜻한다.

7월 7일(일) 다케우치 하루

선생님이 "이 노트 뭐야?"라고 말했을 때 미사키가 일어나서 "제 거예요!" 하고 말해 줘서 좋았어. 멋있었어. 남의 책상에서 몰래 노트를 훔쳐서 선생님 책상 서랍에 넣다니 진짜 못됐어. 그런 애들이 있으니까 서점 주인아주머니가 매의 눈을 하고 손님을 지켜보는 거였어. 오늘은 일요일이지만 미사키네 집 근처 공원에서 노트를 건네줄 수 있을지도……! 안 되면 월요일에!

7월 8일(월) 미사키 신이치

만나러 와 줘서 고마워. 학교 밖에서 친구랑 만나는 거 오랜만이라서 즐거웠어. 얘기를 너무 많이 했나 봐. 집에 늦게 가서 혼나진 않았어?

7월 9일(화) 다케우치 하루

안 혼났어. 그날은 집에 들어가고 싶지 않았거든. 그게, 늘 집에 들어가고 싶지 않은 것 같기도 하고. 너와는 재밌는 얘기만 하고 싶으니까, 이런 얘기는 쓰고 싶지 않네.

7월 10일(수) 미사키 신이치

나도 집에 들어가고 싶지 않을 때가 있어. 혼자 있고 싶을 때도 있고. 혼자 있는 게 좋아. 혼자가 좋다고 생각했어. 하지만 너랑 얘기하고 있으면 혼자 있을 때보다 즐거워.

왜 그럴까. 네가 얘기하고 싶지 않다면 억지로 말하지 않아도 돼. 하지만 네가 말하고 싶다면 재미없는 얘기라도 괜찮아. 어떻게 표현해야 좋을지 잘 모르겠지만.

7월 11일(목) 다케우치 하루

고마워. 어제는 달이 예쁘더라. 노트를 가지고 베란다로 나와 달을 쳐다보며 네 글을 읽어서인지 눈물이 났어. 나중에, 말해 줄게.

7월 13일(토) 미사키 신이치

오늘 다나카가 한 질문 엄청났지.

"선생님, 교실 옆 화장실에 사람이 많을 때는 다른 층 화장실을 써도 되나요?" 이런 질문을 하다니 걔는 정말. 부리나케 메모해 뒀지.

"그러네요. 가능한 한 교실 근처 화장실을 이용하는 편이 좋겠지만 붐빌 때에는 다른 층 화장실을 써도 좋습니다." 선생님이 한 대답도 장난 아니었어. "네."라고 하면 될 일을.

7월 14일(일) 다케우치 하루

다나카가 그 질문을 했을 때 무심코 네 쪽을 돌아보게 되더라. 넌 노트에 뭔가 쓰는 중이라 듣지 못했나 싶었는데 메모하고 있었구나. 너랑 친구가 되고 나서 성격이 못되게 변한 것 같아. 내가 나쁜 말을 하면 알려 줘. 그리고 오늘도 공원에서 얘기 나눠서 좋았어.

7월 15일(월) 미사키 신이치

자전거 한 대로 둘이 동네 밖까지 나가다니 나야말로 너랑 친구가 된 뒤로 불량 학생이 된 것 같아. 콧노래로 부른 노래 뭐야? 들어 본 적 있는 것 같은데, 사실 모르는 노래야. 아까는 그냥 아는 척했어.

7월 16일(화) 다케우치 하루

'예스터데이 원스 모어'. 카펜터스라는 가수의 곡이야. 아빠가 집에서 자주 듣던 노래였어.

7월 18일(목) 미사키 신이치

엄마를 졸라서 CD를 샀어. 계속 듣고 있어. 이 노래 들으면 다케우치 하루가 생각나. 이제는 다케우치라고 부르지만 머릿속에서는 아직도 다케우치 하루라고 불러.

7월 19일(금) 다케우치 하루

아, 웃겨. 아직도 다케우치 하루구나. 내 이름 영원히 잊지 말아 줘. 할아버지가 되더라도. 카펜터스 좋아해 줘서 기분 좋아. 네가 좋아하는 노래도 궁금해.

7월 20일(토) 미사키 신이치

혹시 비틀즈 알아? 일요일에 라디오에서 '예스터데이'가 나왔는데 그 곡 듣고 비틀즈가 좋아졌어. 예스터데이는 어제라는 뜻 같아. 내일도 만날 수 있을까?

7월 21일(일) 다케우치 하루

예스터데이 시리즈네. 어제라는 뜻이구나. 난 다정하다는 뜻인 줄 알았어. 조금 있으면 여름 방학인데 어떻게 할까?

7월 22일(월) 미사키 신이치

오늘은 눈부시게 맑은 날이었는데 최악의 날이 되고 말았네. 너한테 숨기고 있던 게 들통나서 기분 나빴지만 다행이다 싶기도 해. 이 일로 내가 싫어진다 해도 어쩔 수 없고. 아마 싫겠지. 그러니까 이 일로 교환 일기가 끝난다 해도 어쩔 수 없지 뭐. 하지만 나를 '미사키 우웩'이라고 부른 녀석들은 평생 용서하지 않을 거야. 우웩이라고 부른 게 싫은 게 아니라 그런 유치한 행동을 용서할 수가 없어. 솔직히 쓸게. 4학년 때 일이야. 수영장에서 수업할 때부터 몸이 안 좋았는데, 교실로 돌아와 그만 토하고 말았어. 나는 바닥만 쳐다보고 있었는데, 여기저기서 우르르 책상이랑 의자를 움직이는 소리, '으악!', '꺅.', '더러워.' 하는 소리가 들려서 눈물이 났어. 이튿날부터 다들 나를 '우웩'이라고 불러서 학교에 갈 수가 없었지. 집에 있는 동안에는 그림만 그렸어. 그랬더니 엄마가 그림책을 많이 사다 주셨고, 그림책 읽는 동안은 안 좋은 일을 잊을 수 있었어. 그래서 그림책 작가가 되기로 마음먹은 거야. 그림책 작가가 되고 싶다는 꿈이 생긴 뒤로 다시 학교에 갈 수 있었어. 왠지 다른 애들이 하는 말이 별로 거슬리지 않더라고. 그래서 지금도 학교에서 애들이랑 얘기를 거의 안 해. 오늘 너한테 그 일을 떠벌린 녀석은 널 좋아해서 그런 것 같아. 그렇다고 해도 너무해. 곧 여름 방학인데.

7월 23일(화) 다케우치 하루

말하고 싶지 않았을 텐데 얘기해 줘서 고마워.

몸이 안 좋아서 토하는 건 흔한 일이고, 나도 1년에 두 번 정도 감기에 걸리는데, 그때 토도 하고 그래. 그게 집에서인지 교실에서인지가 다를 뿐이지. 그런 일을 말하면 나는 '다케우치 우왝'이 되는 건가. 걔 정말 밥맛이다. 걔는 하는 말마다 우왝 토가 나올 것 같은데. 그래도 말이야, 무척 힘들었겠지만 꿈을 찾게 된 시간이기도 했잖아. 네가 그림책 작가가 되고 나도 그림책 작가가 되면 우린 라이벌이 되겠네. 여름 방학 때 뭐 해?

7월 24일(수) 미사키 신이치

여름 방학이 시작됐어. 하고 싶은 일이 딱 하나 있어. TV에서 봤는데 유성이 쏟아진대. 이번에 놓치면 31년 후에나 볼 수 있다고 하더라고. 유성우 꼭 보고 싶은데 한밤중이라서 엄마 아빠가 안 된대. 너희 집 우편함에 교환 일기 넣어도 돼?

7월 25일(목) 다케우치 하루

유성우 꼭 보고 싶다. 한밤중에 몰래 나가자. 31년 후라니, 그때까지 어떻게 기다려? 우리 집 우편함에 넣어도 되지만 시간 정해서 공원에서 만나면 어떨까? 나는 너희 집 우편함에 넣어도 돼?

7월 26일(금) 미사키 신이치

나는 우편함도 괜찮아. 그럼 매일 저녁 5시에 공원으로 갈게. 네가 없으면 그냥 올 수도 있고, 그곳에 잠시 앉아 있을지도 몰라. 이틀에 한 번 정도 만날 수 있으면 좋겠다!

7월 29일(월) 다케우치 하루

학원 가는 날은 그 전에 공원에 들를 수 있으니까 그렇게 할게. 유성우 얼마 안 남았지? 언제라고?

7월 30일(화) 미사키 신이치

유성우는 8월 9일이야. 밤 12시가 절정이래. 공원에서 만날까? 강변 쪽 제방에서 보면 좋을 것 같아.

8월 1일(목) 다케우치 하루

기대된다. 두근두근 설레. 들키면 눈물 쏙 빠지게 혼나겠지. 어른들은 밤에는 위험하니까 집에 있으라고 하는데, 만약 집이 위험한 장소라면 어떻게 해야 할까. 집이 가장 위험한 사람도 있을 것 아냐.

8월 3일(토) 미사키 신이치

응, 집에서 호랑이를 키운다든지 집 안에 폭포가 흐른다든지. 너희 집은 위험해?

8월 5일(월) 다케우치 하루

호랑이를 키우지는 않지만 우리 집은 위험해. 사실은 귀신이 살거든.

8월 6일(화) 미사키 신이치

귀신? 되게 무섭네. 그렇다면 밖이 더 안전하겠다. 얼마 전에 부모님이 완전히 잠드는 시간을 알아봤어. 밤 11시에는 거의 주무시는 것 같아(졸리지만 꾹 참고 깨어서 확인했어). 화장실에 가는 척하면서 불러 봤는데 반응이 없는 거 보니까 11시 반에 공원에서 만나면 될 것 같아. 아, 내가 자전거로 너희 집 앞까지 갈까?

8월 7일(수) 다케우치 하루

고마워. 공원까지는 집에서 걸어가도 1분밖에 안 걸리니까 괜찮아! 모레구나! 별똥별 보면서 무슨 소원 빌지 생각해 봤어? 나는 너무 많아서 오늘 정리해 두려고!

8월 9일(금) 미사키 신이치

별똥별이 그렇게 많이 쏟아질 거라고는 상상도 못했어. 너랑 무사히 만나서 다행이었어. 개가 짖었을 때는 오싹했지만. 강변에 어른들이 엄청 많아서 다행히 눈에 띄지 않았지. 그런데 별똥별 어마어마하게 많았지? 나중에는 왠지 무섭더라. 네가 별똥별이 떨어질 때마다 "앗." 하면서 소원 빌 순간을 자꾸 놓치는 게 너무 웃겼어. 난 "그림책 작가가 되게 해 주세요."랑 "다케우치도요."라고 맨 처음 떨어진 별똥별 두 개에 소원을 빌고 나서는 그냥 우수수 떨어지는 별들을 보며 벌벌 떨었어. 저렇게나 많이 떨어지는데 지구에 떨어지면 어쩌지? 아니면 이미 떨어졌나?

8월 10일(토) 다케우치 하루

별똥별 굉장했어! 고마워!

"다케우치도요."라고 빌다니 너무 성의 없지 않아? 하지만 짧은 별똥별도 있었으니까. 그렇게 멋진 풍경을 너랑 함께 봐서 좋았어. 그 모습, 평생 안 잊을 거야. 뒷장에 그림 그려 놨어. 이건 내가 빈 소원 목록이야.

· 그림책 작가가 될 수 있기를

· 네가 나를 잊지 않기를

· 엄마가 행복하게 살기를

· 거꾸로 매달리기 할 수 있기를

· 네가 티라노사우루스 대사를 진지하게 생각해 주기를

· 다나카가 뻔한 질문을 하지 않기를(너 때문에 웃게 되니까)

· 선생님이 뻔한 대답을 하지 않기를(이것도 마찬가지)

· 귀신이 집에서 나가기를

8월 12일(월) 미사키 신이치

유성우 그림 정말 좋다. 별똥별을 올려다보는 사람은 나지? 나도 그날은 평생 잊지 못할 거야. 부모님한테 들키지도 않고 완전 범죄였어.

다나카가 유성우를 봤다면 선생님한테 뭐라고 질문했을까?

"선생님, 떨어지고 있으니까 별똥별이라고 생각해도 되나요?" 이런 수준의 질문일까. 어쩌면 "가능한 한 눈을 뜨고 있고 싶지만 눈을 깜빡거려도 되나요?" 하고 물을지도 모르겠다.

"귀신이 집에서 나가기를." 하고 빌다니, 너 정말 귀신이랑 사는구나. 그건 지어낸 이야기야? 아니면 현실?

추신. 내일부터 할머니 댁에서 일주일 정도 보낼 예정이라 공원에 못 가. 올 때 선물 사 올게.

8월 16일(금) 다케우치 하루

이렇게 오래 교환 일기가 끊긴 적은 없었지? 무슨 말을 쓸까 요 며칠 고민했어. 내가 귀신과 산다는 말은 진짜야. 사실은 귀신한테 도망치려고 이 마을로 이사 온 거야. 귀신은 엄마를 때리기도 하고 엄마에게 화를 퍼붓기도 해. 하지 말라고 말해도 듣지 않아. 늘 술 냄새를 풍기는 빨간 귀신이야. 이전 학교에 다닐 때 칭찬받았던 그림을 엄마한테 보여 주려고 식탁에 두고 잠든 적이 있었는데, 한밤중에 엄마랑 귀신이 싸우는 소리에 잠이 깼어. 평소에는 당하기만 하던 엄마가 울면서 큰 소리로 대드는 게 무서워서 이불로 몸을 둘둘 말고 귀를 꽉 막고 잤어. 이튿날 아침에 일어났더니 엄마가 지친 얼굴로 "하루야, 미안." 하고 말하길래 봤더니 식탁에 둔 그림 위에 둥근 컵 자국이 생겼더라. 귀신이 술병을 내 그림 위에 올려놨나 봐. 열심히 그린 그림이라서 화가 났는데, 엄마가 울면서 휴지로 얼룩을 닦아 줘서 말끔히는 아니지만 어느 정도 지워졌어. 그보다 여리디여린 엄마가 이 그림을 지키기 위해 귀신이랑 싸웠다니, 그게 더 속상했어. 엄마한테 미안했어. 나 때문에 엄마가 귀신한테 당했으니까.

엄마랑 나는 귀신한테서 멀어지려고 밤에 도망쳤어. 친한 친구랑도 헤어지면서. 엄마 친척의 도움을 받아 이 마을에 왔지만 오자마자 귀신에게 들켜서 지금도 집에 귀신이 있어. 아빠가 살아 계셨다면 하는 마음에 눈물이 멈추지 않아. 하지만 엄마한테 우는 모습을 보일 순 없으니까 이불 속에서만 울어. 난 꽤 강한 아이니까.

늘 귀신이 없는 삶을 상상해.

그럴 때 너랑 주고받은 노트가 큰 힘이 돼. 내가 그린 그림에 네가 대사를 쓰고, 네가 그린 그림에 내가 대사를 생각하고. 둘이서 다음 이야기를 함께 고민하잖아. 교환 일기도 그렇고. 그래서 난 귀신이 없는 세상을 상상할 수 있었어. 노트 속에서 너랑 다른 세상을 만들어 냈으니까 현실에서도 이루어지겠지. 엄마를 지킬 수 있게 빨리 컸으면 좋겠다. 귀신한테서 도망치고 싶은데 또 이사를 갈 돈이 없는 것 같아. 엄마랑 친척 아줌마가 전화로 얘기하는 걸 들었어. 밤에 도망치는 건 돈이 든다고. 게다가 이사를 가면 또 전학을 가야 하고. 너 같은 친구는 처음이라서 헤어지는 게 너무 무서워. 이게 말할 수 없다고 했던 전학 온 이유야. 미안해, 너무 어두운 얘기라서.

이 페이지는 찢어 버리는 게 나을지도 모르겠다. 네가 괴로워할지도 모르니까. 아, 빨리 만나서 얘기하고 싶다. 그림 그리면서 기다리는 수밖에

없겠지. 내 그림에 넣을 대사 또 생각해 줘. 너랑 같이 그림책 작가가 되어서 엄마를 도울 거야.

8월 21일(수) 미사키 신이치

뭐라고 쓰면 좋을까. 말하기 힘들었을 텐데 얘기해 줘서 고마워. 네가 이렇게나 힘든 상황인 줄도 모르고, 집이 가장 위험한 사람도 있다는 얘기에 호랑이니 폭포니, 웃기지도 않은 말을 내뱉어서 미안. 내 자신이 부끄럽다.

내가 널 지킬게. 귀신 따위 난 무섭지 않아. 아빠가 동네에서 야구할 때 쓰는 금속제 야구 방망이가 집에 있어. 내가 그걸로 너희 집에 있는 귀신을 물리칠 거야. 반드시 무찌를 거야. 네가 쓴 글을 읽자마자 바로 팔굽혀펴기를 시작했어. 기다려 줘. 엄마 참 좋은 분이시다. 하지만 넌 잘못한 것 없어. 만약 내 소중한 그림을 그런 식으로 망가뜨렸다면 난 울고불고 난리쳤을 거야. 그건 용서할 수 없어. 꼭 널 도우러 갈 테니까 기다려.

추신. 신사, 저녁노을, 바다. 맨 마지막 그림은 나랑 너인가?

신사는 같이 갔던 그 신사 맞지? 저녁노을은 우리가 만나던 공원. 바다는 언젠가 가고 싶다고 말했었지? 꼭 가자. 그림이 다 너무 좋았어. 지금

내 그림 실력으론 도저히 너처럼 그릴 수 없어. 나한테는 네가 그린 그림이
최고야.

8월 25일(일) 다케우치 하루

고마워. 몇 번이고 몇 번이고 다시 읽었어. 정말로 위험한 순간이 오면 너
에게 귀신을 물리쳐 달라고 부탁할게. 고마워. 맞아! 자전거로 신사에 갔
을 때 참 좋았어. 저녁노을 그림은 그 공원이고. 바다는 언젠가 꼭 가자.
마지막 그림은 나랑 너. 우리는 인간이야. 인간은 강하지? 어떤 이야기에
서든 귀신을 이기잖아. 전부 그렇지는 않지만 대부분 이기잖아?

8월 26일(월) 미사키 신이치

인간은 강해. 귀신 같은 건 인간이 무찌르려고 이야기에 나오는 거야.
귀신이 이기는 이야기 같은 게 있다면 아직 이야기가 끝나지 않아서 그런
거야. 그러니까 같이 무찌르자. 오늘은 팔굽혀펴기를 50번 했어. 내가 널
지킬게.

8월 31일(토) 미사키 신이치

3일 연속 공원에 나갔더니 새까맣게 탔어. 나는 마음에 들어. 네가 걱정

돼. 빨리 만나고 싶다.

9월 1일(일) 미사키 신이치

신사 그림에는 말풍선이 그려져 있지 않아서 대사 쓰는 걸 까먹었어. 신사 그림의 대사는 "다케우치 하루의 소원이라면 뭐든지 들어줄 거야. 별똥별보다 빨리 들어줄 거야."로 할래. 저녁노을 그림의 대사는 "두 사람이 만나는 날을 잊지 않게 빨갛게 칠해 뒀지."야. 바다 그림의 대사는 "즐거워? 난 더 즐거워."로 하려고. 마지막 인간 그림의 대사는 "우린 영원한 친구."인데, 너무 평범한가?

9월 7일(토) 미사키 신이치

난 오늘 스웨터를 입었어. 검은 브이넥 스웨터. 학교 지정 스웨터여서 모두 다 똑같은 걸 입었지만. 너도 스웨터가 잘 어울릴 것 같은데. 맞다. 그, 뭐였지.

오늘 말이야, 전교생이 모였어. 체육관에 다 모였어. 교장 선생님이 뭔가 이상하고 우울한 이야기를 꺼내더라. 우리 이야기인데 교장 선생님 마음 대로 막 말을 했다니까. 너무하지. 반 여자애들이 우는 거야. 다나카도 질문하기 전에 울었어. 그래도 "이건 눈물입니까?"라고는 안 묻더라. 선생님도 울었어. 난 안 울었어. 응, 안 울어. 왜냐하면 교장 선생님이 하는 이야기가 마음에 안 들었으니까. 우리가 쓴 노트를 읽어 보지도 못했잖아. 역시 너랑 내가 아니면 그 누구도 재밌는 이야기를 만들지 못해. 오늘 그걸 알았어.

저 사람들한테 맡길 순 없다니까. 네가 본 풍경에 내가 대사를 붙이고 내가 본 풍경에 네가 대사를 쓰는 거야. 둘이서 이야기를 완성시키자. 다른 사람이 하는 말은 다 거짓말이야. 그렇지? 맞지?

9월 X일(X) 미사키 신이치

학교가 끝나고 교실에서 다케우치가 내 모자를 쓰고 장난치고 있습니다. 나는 "내놔!" 하면서 손을 뻗지만 진심으로 뺏을 마음은 없습니다. 영원히 쓰고 있어도 괜찮습니다. 여름보다 누그러진 석양이 다케우치의 하얀 양말에 닿아 흔들립니다. 다케우치의 웃음소리가 내 고막을 울립니다. 이 학교에서 그림을 가장 잘 그리는 아이는 내 친구 다케우치 하루입니다.

다케우치가 언젠가 교환 일기에 쓴 것처럼 "나를 잊지 마."라고 말합니다. 어떻게 잊겠어. 잊을 수 있을 리가 없잖아. 잊을 수 있을 리가 없지.

둘이서 바다에 갑니다. 나는 그림책 작가가 됩니다. 다케우치도 그림책 작가가 됩니다. 둘이서 이 이야기를 계속 이어 갑니다. 이 이야기는 끝나지 않습니다.

두 사람의 교환 일기는 30년 전 어느 날 끝나고 말았지만, 그렇다고 두 사람의 특별한 관계가 없었던 일이 되는 건 아니다. 나는 그림책 작가가 되지 못했지만 이야기를 지으면서 살아간다. 그 모든 이야기에 그녀의 숨결이 있고 자취가 있다. 그녀는 내 친구이자 훌륭한 라이벌이기도 하다.

그녀와 같이 본 유성우를 30년 만에 일본에서 다시 봤다.

그 여름날 우리는 한밤중에 유성우를 보자는 매우 어려운 약속을 이뤄 냈다. 그리고 그 여름에 그녀와 했던 또 하나의 약속, '나를 잊지 마.' 이 간단한 약속을 지키기 위해 나는 이 이야기를 책으로 만들기로 했다. 하지만 이 이야기는 아직 완성되지 않았다. 우리가 살아 있는 한, 아니 이 지구 상에서 우리가 없어진다 해도 끝나지 않을 것이다.

그녀는 어딘가 바다가 보이는 아름다운 마을에서 그림책을 만들며 미소 띤 얼굴로 살고 있겠지.

이 책이 거리의 서점에 진열될 무렵이면 나는 여행을 떠나 있을 것이다. 이 세상 어딘가의 서점에, 어딘가의 책꽂이에, 그녀가 그린, 그녀가 그릴 터였던 그림책이 있을 것이다. 나는 그 책을 읽고 싶다.

추신. 마지막 바다 그림에는 소년만 그렸다. 소녀는 언젠가 소중한 친구가 그려 줬으면 좋겠다.

미사키 하루우미*.

*'우미(ぅみ)'는 일본어로 '바다'를 뜻한다.

여덟째 날 밤

표지에 내 얼굴 사진이
실려 있는 책이었다.

서점에서 처음 봤을 땐
무슨 영문인지 알 수 없었다.

떨리는 손으로 휙휙 넘겨 보니
내 주소가 적혀 있었고,
전화번호도 SNS 계정도
비밀번호도 적혀 있었다.

124

처음 사귄 사람의 이름,
지금까지 아무에게도 말한 적 없는 비밀까지
모두 쓰여 있었다.

나는 공포에 휩싸여 안절부절못했다.

하지만 진짜 공포는
3개월 후에 찾아왔다.

그 책이 출판된 지 3개월.
내 생활에는 아무런 변화도 일어나지 않았다.

한 권에 30억이라고 한다.
별다를 게 없어 보이는
평범한 책이다.

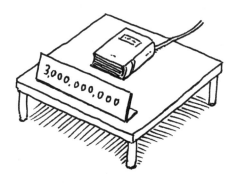

그 책에는 내 반평생이 쓰여 있다.
나를 사용하는 방법이 쓰여 있다.

그리고 무엇보다
책갈피 끝에 내가 달려 있다.
나를 포함한 가격인 셈이다.

게다가 지금은 이벤트 중이라
권당 가격이 3천만 원까지
내려갔다.

유적 속에서 발견됐다.
시체의 입 속에 들어 있었다.

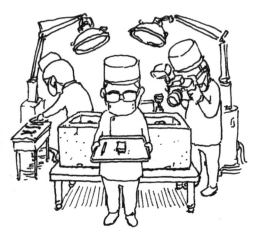

크기는 사방 3센티미터 정도의 사각형으로
책의 내용에 관심이 쏠렸다.

조사해 봤더니 그 당시 시장의
상품 카탈로그 비슷한 것이었다.

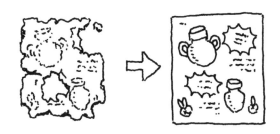

연구자들은 왜 그것이 시체의 입 속에 들어 있었는지
알아내려고 머리를 모으고 있다고 한다.

이 세상에 이제 한 권도 존재하지 않는다.
내가 전부 없앴기 때문이다.

나는 그 책을 찾아내
주인에게서 빼앗아 없애는 일에
평생을 바쳤다.

지금 막 마지막 한 권을 잿더미로 만들었다.
이제 나만 이 세상에서 사라지면
그 책이 존재했다는 증거는 하나도 남지 않는다.

하지만 그때 내 머릿속에
상상도 못 했던 생각이 떠올랐다.

책에 농락당한 내 일생,
지금까지 해 온 모든 일을
책 한 권에 담으면
어떨까 하는 생각.

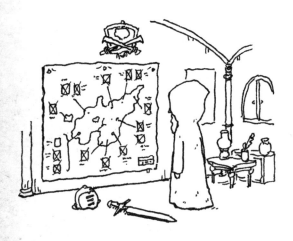

맨 마지막 순간의 결정으로
나는 내 일생을
망가뜨리려 하고 있었다.

그러나 왠지 이 생각이
너무나 매력적으로 다가왔다.

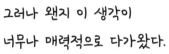

나는 지금, 망설이고 있다.

아홉째 날 밤

(그) 책은 좀비를 두려워하지 않는 방법이 쓰인 책이다.

첫 페이지에는 '좀비가 되면 좀비 따위는 하나도 안 무섭다. 오히려 좋아하게 된다.'라고 쓰여 있다.

페이지를 휙휙 넘기다 보면 좀비가 됐을 때의 마음가짐이 적혀 있다.

1. 물리자마자 바로 좀비처럼 말하지는 못하지만 시간이 지나면 자연스럽게 좀비 같은 목소리가 나오므로 초조해하지 말고 기다립니다.

2. 너무 빨리 달리면 인간이 도망칠 의욕을 잃으니 천천히 걸어서 쫓아갑니다.

3. 이제 남의 집에 들어갈 때 신발을 벗지 않아도 됩니다.

4. "초면에 죄송합니다. 당신을 물어도 되겠습니까?"라고 상대에게 양해를 구하더라도 상대한테는 "가갸가가가갸가가, 가가가가가가. 갸가가 가가갸가가, 가가가가가?"라는 식으로밖에 안 들리니 말해 봐야 소용없습니다.

5. 인간의 목을 물어도 괜찮지만 피를 빨아서는 안 됩니다. 그건 흡혈귀의 특성입니다.

6. 쫓아가던 인간이 갑자기 사라졌다면 자동차 밑을 살펴보십시오.

7. 보름달을 보며 울어서는 안 됩니다. 그건 늑대 인간의 특성입니다.

8. 인간이 도망쳐 들어간 건물의 문이 닫힐 것 같으면 적극적으로 틈으로 파고듭니다.

9. 강변 부지에서 야구를 하던 아이들의 공이 발치까지 굴러와, 아이가 "죄송합니다!" 하고 말을 걸더라도 공을 집어 들어 던져서는 안 됩니다.

10. 인간이었던 시절의 친구가 이름을 부르더라도 상대가 가까이 다가와 어깨를 두드릴 때까지 돌아봐선 안 됩니다.

같은 작가가 쓴 책으로 《유령을 두려워하지 않는 방법》이 있는데 안 읽어도 될 것 같다.

（그） 책은 책갈피를 끼우면 가끔 숨긴다. 내가 좋아하는 책갈피를 세 개나 숨겼다. 엄마의 비상금도 숨겼다. 엄마는 "이런!" 하며 책등을 잡아 책 페이지가 아래로 향하게 해서 위아래로 흔들었다. 그러자 엄마의 비상금이 살랑살랑 떨어지고 내 책갈피 세 개도 떨어졌다. 엄마가 마지막으로 그 책의 표지를 톡톡 두드리자 사진 한 장이 떨어졌다. 젊은 시절의 엄마 아빠 사진이다. 사진 속 아빠는 마술사 같은 모자를 쓰고 있다. 엄마는 반가운 듯 사진을 바라보며 "여기 있었구나." 하고 중얼거렸다.

（그）　책은 세상에 딱 여덟 권 있다. 여덟 권을 모두 모으면 소원이 이루어진다고 한다. 첫 번째 책은 새가 물어다 주었다. 두 번째 책은 인터넷 경매로 싸게 구입했다. 세 번째 책은 중고 책방에서 찾았다. 네 번째 책은 세 번째 책을 산 중고 책방 주인이 "이것도 가져가세요." 하면서 공짜로 주었다. 다섯 번째 책에 대해선 아직 말할 수 없다. 여섯 번째 책은 아버지의 서가에 꽂혀 있었다. 일곱 번째 책은 이웃이 내놓은 쓰레기 더미에서 주웠다. 여덟 번째 책은 최후의 적을 물리치고 쟁취했다. 이제 다섯 번째 책 이야기로 돌아가자면, 캠프파이어를 하며 모르고 태워 버렸다. 그래서 여덟 권을 다 모을 수 없었다. 그렇지만 다른 일곱 권도 태운다면 여기가 아닌 어딘가에서 여덟 권의 책이 다 모일지 모른다. 어쩌면 다섯 번째 책을 부활시킬 수 있지 않을까. 나는 손안에 있는 일곱 권의 책을 불태웠다. 곧이어 다섯 번째 책이 하늘에서 내려왔다. 해냈다, 생각한 대로 대성공이다. 드디어 다섯 번째 책이 내 손에 들어왔다. 그런데 나머지 일곱 권은…… 앗!

ⓒ 책은 도서관 책장에 두어서는 안 된다. 그 책을 도서관 책장에 두면 '콩콩콩콩콩콩' 하고 땅이 울리고 커다란 책장이 좌우로 쪼개지면서 바닥에서 반짝반짝 빛나는 거대한 책장이 솟아나는데, 그 책장도 좌우로 쪼개지면서 안에 있던 조종석이 나타나고 도서관이 통째로 우주로 날아가 버린다.

（그） 책은 정말 그 책일까?

스스로는 그 책이라고 주장하지만 수상쩍다.

그 책이 방심하고 있을 때 등 뒤에서 "야, 저 책!" 하고 불렀더니 "응?" 하고 대답하며 뒤돌아봤다. 아무래도 그 책은 그 책이 아니라 저 책인 것 같다.

（그） 책은 새하얗다.

새까만 기모노를 입은 엄마가 소중하게 품에 껴안고 있다.

유치원에 다닐 무렵 처음 그 책을 봤다. 새하얀 그 책에는 내가 아기였을 때 사진, 유치원에서 소풍 갔을 때 사진, 부모님과 바다에서 찍은 사진이 잔뜩 붙어 있었다. 사진 옆에는 아빠가 직접 쓴 메모가 있었지만 그때 난 글을 읽지 못했다. 새하얀 표지에 쓰인 책의 제목도 어린 나는 읽을 수 없었다.

"자, 이쪽을 봐 주세요."

사회자의 목소리와 함께 서서히 장내의 조명이 어두워지며 커다란 스크린이 내려왔다.

하객들은 모두 요리와 컵에서 손을 떼고 스크린을 올려다봤다. 검은 스크린 위로 '2009년 4월 8일'이라는 하얀 글자가 떴다. 10년 전 촬영한 영상이라는 말일 테지. 나는 이게 무슨 영상인지 사전에 듣지 못했다. 옆자리에 앉아 있는 신랑과 눈을 맞춰 보았지만 그는 고개를 끄덕거릴 뿐 가르쳐 주지 않았다.

스크린에 빛이 감돌았다.

"셋, 둘, 하나, 자."

엄마의 낭랑한 목소리가 영상에서 흘러나왔다.

건물 옥상을 배경으로 정장을 갖춰 입은 아빠가 접이식 의자에 앉아 있었다. 아빠의 등 뒤에 눈이 시릴 정도로 파란 하늘이 펼쳐졌다. 아빠는 내가 기억하는 것보다 훨씬 수척해 보였다. 그렇구나, 그곳은 아빠가 마지막까지 입원해 있던 병원 옥상이었다.

"아이코, 결혼 축하해!"

영상 속 아빠가 말했다.

아빠를 촬영하는 엄마의 웃음소리가 들렸다. 식장에 있는 10년 후의 엄마는 벌써 운다.

아빠는 새하얀 책을 넘기면서 "아이코 태어났을 때다.", "벌써 중학생이야, 빠르네." 하며 말을 이었다.

"아이코가 언제 이 영상을 볼지, 2009년부터 앞으로 몇 년이 더 지나야 될지 모르지만 아이코 결혼식에 참석하는 게 아빠의 꿈이라서 이 영상을 남기기로 했어."

옥상에 부는 바람 소리가 들렸다.

"내년쯤 결혼하면 이 영상을 지우고 직접 참석할 수 있는데."

아빠의 말에 영상 속 엄마가 "내년이면 아직 고등학생이야."라며 웃었다.

"아, 그런가. 아빠는 서른여덟 살 때 트럼펫을 배우기 시작했어. 이유를 말하면 다들 웃었지. 그 이유가 그러니까, 딸아이 결혼식 때 트럼펫을 불고 싶다는 거였어. '아직 딸은 태어나지도 않았는데, 아니 그보다 애인도 없는 주제에 무슨 소리야.' 하고 다들 비웃었지. 엄마랑 만나기도 전의 얘기야. 하지만 아빠는 진심이었어. 언젠가 누군가와 평생을 함께하기로 하고, 딸이 태어나고, 딸의 결혼식에서 무슨 말을 할까 이런저런 상념에 잠긴 채 혼자 술을 마시다가 문득 트럼펫을 불자는 생각이 떠오른 거야. 당장 시작해야 불 수 있을 거 같았거든. 그렇게 아빠는 아이코가 태어나기 전부터 아이코를 생각했어."

영상 속 엄마가 웃음기 어린 목소리로 "말이 많네." 하며 아빠에게 트럼펫을 건넸다.

"이거 사진 찍어 줘. 이 사진도 이 책에 넣게."

트럼펫을 든 아빠가 엄마에게 말했다.

"자, 그럼."

말을 마친 아빠가 의자에서 일어나 트럼펫을 입에 대고 '더 로즈'를 불었다. 첫 음부터 최고였다.

아빠의 트럼펫이 엄마의 웃음소리도 바람 소리도 결혼식장의 소란스러움도 잠재웠다. 아빠가 거기에 있었다. 아빠가 있는 풍경을 모두가 같이 본다. 3분 남짓한 짧은 연주가 끝나자 식장에서 박수가 터져 나왔다. 영상

속 아빠가 말했다.

"아빠는 늘 아이코랑 같은 풍경을 보고 있어. 결혼 축하해. 행복해라."

지금 나는 아빠와 같은 풍경 속에 있다.

새까만 기모노를 입은 엄마가 눈물을 흘리며 새하얀 책을 트로피처럼 양손으로 들어 올렸다. 표지에는 '나의 인생'이라고 쓰여 있었다. 그때부터 아빠는 나와 같은 시선으로 세상을 보고 있었구나.

나의 인생은 아빠의 인생이기도 했으리라.

문득 아빠의 따뜻하고 커다란 손이 떠오른다.

열째 날 밤

내 머리를 노리고 날아왔다.

피할 틈도 없이 머리에
정통으로 맞았다.

나는 픽 쓰러졌다.

시간이 얼마나 지났을까.
정신을 차려 보니
나는 책이 되어 있었다.

내 옆에서 인간의 모습을 한
책이 두리번거렸다.

'어, 나랑 책이랑 몸이 바뀌었네.'
그 순간 직감했다.

인간인 책도 슬슬 상황을 파악했는지
책인 나를 슬쩍 보고는
어디론가 떠나 버렸다.

두 가지 점에 놀랐다.
우선 책에도 의식이
있다는 점.

그리고 책이 되어
움직일 수 없게 된 내가
의외로 침착하다는 점이었다.

이런저런 걱정스러운 일이
떠오르긴 했지만 책인 내가 왠지 반가웠다.

'어쩌면 나는 본래
책이었는지도 모른다.'
그런 생각이 스쳤다.

한때 마가 끼어서
잠시 인간이 되고 싶다고
바랐는지도 모른다.

나는 이전부터
내가 내가 아닌 듯한
내 자리가 아닌 곳에 내가 있는 듯한
불안을 느껴 왔다.

그건 내가 본래
인간이 아니었기 때문인지도 모른다.

이제 겨우 제자리로 돌아왔다.

그런 생각을 하면서
멍하니 하늘을 올려다보는데
누군가가 길가에 떨어진 나를 주웠다.

그 사람은 나를 휙휙 넘기다가
책등에 붙은 스티커를 쳐다봤다.

그리고 조금 떨어진 곳의
도서관 책 반납기에 나를 집어넣고
어딘가로 가 버렸다.

그렇구나. 나는 도서관 책이었구나.

이튿날 아침, 도서관 직원이
내 책등에 붙은 스티커를 보고
내가 있어야 할 책장까지 데려다줬다.

책으로 가득한 건물.
책으로 가득한 공간.
책으로 가득한 책장.

나는 그 끝에 꽂혔다.

도서관 직원이 나가자
그 방의 책들이 한목소리로
나에게 말했다.

"이제 왔네."

그 순간 마음이 한없이 편안해졌다.

맞아, 맞아.
여기야, 여기.

사각형의 빈틈에 사각형인 내가
딱 들어맞았다.

길고 긴 여행을 마치고
드디어 나는 집에 돌아왔다.

이런저런 일들이 모조리 떠오르며
갑자기 잠이 쏟아졌다. 희미해지는 의식 속에서
나는 작은 소리로 중얼거렸다.

"다녀왔습니다."

열한째 날 밤

(그) 책은 꿈속에서만 읽을 수 있다. 새 학년이 되어 등교하기 전날 밤, 꿈속에서 나는 그 책을 읽었다.

책 표지에는 '새 친구 사귀는 법'이라고 쓰여 있었다. 책을 펼치자 긴장한 주인공이 교실 구석에 서서 어떻게 하면 친구를 사귈 수 있을까 고민하고 있었다.

그때 어디선가 "간단해."라는 목소리가 들렸다. 주인공이 "가르쳐 줘."라고 마음속으로 부탁하자 그 목소리가…….

바로 그 순간 잠에서 깼다.

결국 새 친구 사귀는 법을 읽지 못한 채 학교에 갔다. 나는 긴장한 채 교실 구석에 있었다. 어떻게 하면 같은 반이 된 아이들이랑 친구가 될 수 있을까? 꿈속에서 그 책을 읽었더라면…….

그 책을 이어서 읽고 싶었다. 차라리 그냥 자 버릴까. 아니, 학교에서 자면 안 되지. 그 목소리를 들으려 해 봤지만 그건 책 속 목소리였으니 들릴 리 없었다. 책과 현실이 뒤죽박죽되고 말았다. 어이가 없어서 혼자 웃었다. 그러자 "왜 웃어?" 하고 같은 반이 된 아이가 말을 걸었고 그렇게 그 아이와 친구가 되었다. 그날 밤 꿈속에서 그 책을 마저 읽었다.

그 목소리는 "간단해. 웃고 있으면 누군가가 말을 걸 거야."라고 알려 주었다.

궁금했던 부분을 읽고 나자, 마음이 놓여 꿈속에서도 잠이 왔다.

ⓒ 책은 악마를 가둬 두고 있는 것 같았다. 그래서인지 그 책에는 부적이 덕지덕지 붙어 있었다. 인생을 포기하려던 나는 그 부적을 떼어 냈다. 악마한테 끔찍한 일을 당할지도 몰랐다. 악마가 세상을 엉망진창으로 만들지도 몰랐다. 그렇지만 이제 어떻게 되든 상관없었다.

책 속에서 악마가 나왔다. 상상했던 것보다 훨씬 컸다. 생김새도 상상 이상으로 악마 같았다. 내가 악마의 첫 먹잇감이 되겠지. 그런데 악마는 "정말 고맙습니다. 몇백 년이나 이 책 속에 갇혀 있어서 너무 따분했거든요. 이 은혜는 평생 잊지 않겠습니다."라고 말했다. 상상 이상으로 악마는 예의 발랐다.

"엇, 악마는 무서워야 하는 거 아냐?"라는 말이 불쑥 튀어나왔다. 악마는 웃으면서 "다 옛날 얘기죠. 그땐 저도 어렸고요."라고 말했다.

그 책은 전 세계의 로봇을 소개하는 책이다. 그 책 역시 성실한 로봇인 BOOK-1400 박사가 썼다. 박사는 로봇들을 위해 그 책을 썼는데 사실은 그 책 자체도 로봇의 일부였다. 인간과 로봇 사이에 싸움이 벌어져 로봇에게 위험이 닥쳤을 때, 그 책 1,400권이 모이면 책이 합체해 거대한 로봇을 이루는 구조였다. 만약 정말로 그런 사태가 닥치면 거대한 로봇이 되어 인간과 싸우겠다는 계획이었다. 그렇지만 박사가 너무 성실했던 나머지 그 비밀을 책의 '프롤로그'에 써 놓았다.

즉, 인간들도 이미 그 사실을 알고 있다.

(그) 책은 어느 날 오후 살짝 떠올랐다. 테이블에 뒀는데 왜 그런지 위로 살짝 떠올랐다. 책을 잡아 테이블에 다시 놓아 두었지만, 보이지 않는 풍선이 잡아당기기라도 하듯 그 책은 또 떠올랐다.

이튿날 그 책은 더 높이 떠 있었다. 그리고 매일 조금씩 더 높이 떠올랐다. 나는 읽던 책을 놓칠 수 없어서 책 끄트머리를 움켜잡았다. 그러자 내 몸도 책과 함께 떠올랐다. 책은 천장에서 미끄러지듯 창문을 통과해 집 밖으로 나갔다. 정원에 떠 있는 나를 보고 엄마가 내 다리를 붙잡았다. 그러자 엄마의 몸도 떠올랐다. 엄마의 다리를 잡은 아빠의 몸도 떠올랐다.

그렇게 며칠이 지나 지금은 아빠의 다리를 이웃 사람이 잡고 이웃 사람의 다리를 경찰이 잡고 경찰의 다리를 빵집 주인이 잡고 있다.

온 마을 사람들이 가족과 친구를 땅으로 끌어내리기 위해 누군가를 붙잡았지만 결국은 다 같이 공중으로 떠올랐다. 내가 잡은 책은 빌딩을 지나 어느새 산보다 높이 올라갔다. 온 마을 사람들이 한 사람도 빠짐없이 하늘로 떠오른 순간, 땅속에서 거대한 두더지가 기어 나와 커다란 입을 쩍 벌렸다. 누군가가 땅 위에 남아 있었다면 잡아먹혔을 것이다. 거대한 두더지는 땅 위에 사람이 단 한 명도 없는 것을 보고 놀랐다. 동시에 많은 사람들이 하늘에 떠 있는 것을 보고 놀라더니 다시 땅속 세계로 돌아갔다.

그러자 내가 잡은 책이 조금씩 무거워지면서 천천히 땅으로 내려갔다. 사람들은 아무 일도 없었던 양 평소의 삶으로 돌아갔다. 나는 그 책에게 감사를 표하고 책을 마저 읽었다.

열두째 날 밤

평이 안 좋은 책이었다.

영웅이 패배하는
이야기였기 때문이다.

하지만 되는 일 하나 없고
무엇 하나 남들처럼 할 수 없었던
당시의 나는 계속 지기만 하는
책 속 영웅을 보며 큰 위로를 받았다.

밑바닥 인생을 함께 걸어가는
친구 같았다.

마치 나를 위해 쓴
이야기 같았다.

그 후 형편이 나아지고 이래저래
조금은 여유로워진 어느 날,
문득 그 책이 떠올랐다.

그 책의 저자가
무슨 생각으로 그 책을 썼는지
궁금했다.

이것저것 찾아보다가
놀랄 만한 사실을 알아냈다.

그 책의 저자는 전쟁에 나간 적이 있고
아주 잠깐이지만 내 아버지와
같은 부대에 있었던 것이다.

당시에도 막막한 삶에
괴로워하던 나를
아버지는 먼 곳에서도 걱정하셨다.
그 얘기는 어머니에게 수차례 들었다.

언제 죽을지 모르는 전쟁터에서
아버지는 장차 작가가 될
그 남자에게 내 얘기를
했을지 모른다.

아버지도 작가도
이미 세상을 뜬 뒤라
진실을 확인할 방법은 이제 없다.

하지만 어쩌면 그 작가는
만난 적도 없는 나를 격려하려고
그 책을 썼을지 모른다.

그리고 나는 그런 사정을
전혀 모른 채 우연히
그 책을 읽었고
큰 위로를 받았다.

단 한 사람을 위해 쓴 단 한 권의 책이
공간과 시대를 뛰어넘어
단 한 사람에게 가닿은 셈이다.

그런 기적이
과연 일어날 수 있을까.

그래, 있을지도 모른다.
가능성이 없는 것은 아니다.

생각이 거기까지 미친 나는
또 한 가지 사실을 깨달았다.

나는 기적적으로 그의 메시지를 받았다.

세상에는 누군가를 향한 마음을 실은, 가닿지 못한 책들이
별만큼이나 많을지도 모른다.

유리병 속에 편지를 넣어
바다에 띄우는 일을
우리는 책이라는 물건에 의지해
계속해 온 셈이다.

작디작은, 그렇지만 희미하게 존재하는
가능성을 믿으면서.

열셋째 날 밤

(그) 책은 아직 태어나지 않았다. 모두가 조용히 잠든 마을, 낡고 작은 집 단칸방에서 한 소설가가 쓰고 있는 중이다. 그 책은 소설가의 머릿속에만 있다. 주위 사람은 아무도 기대하지 않는다. 어차피 완성하지 못할 거라며 악담하는 사람마저 있다.

그렇지만 언젠가 어디선가 누군가는 그 책을 읽고 웃을지도 모른다. 어디선가 누군가는 그 책을 친구에게 추천할지도 모른다. 어디선가 누군가는 냄비 받침으로 쓸지도 모른다. 어디선가 누군가는 그 책이 재미없다고 말할지도 모른다. 그건 아무도 모른다. 하지만 소설가는 아직 태어나지 않은 그 책을 어떻게든 완성할 것이다.

에
필
로
그

그 책은
표지에 두 남자의 이름이
적혀 있는 책입니다.

어느 왕국에서 만든 책이죠.
그 책 후반부의 줄거리는 이렇습니다.

두 남자에게서 수많은 책 얘기를 들으며
왕은 기뻐했습니다.

왕은 신하에게 말했습니다.
"역시 책은 재밌군. 두 사람이 모아 온 이야기를
책으로 엮게."

다음 달, 왕은 세상을 떠났습니다.

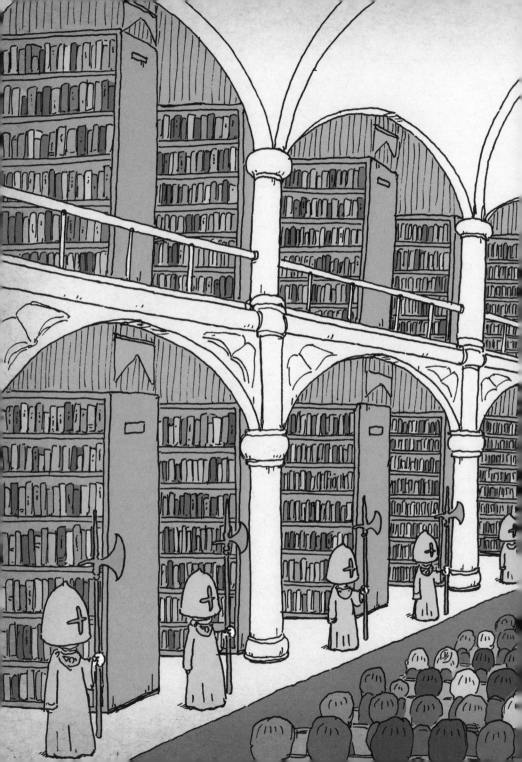

왕의 마지막 명에 따라 신하들은
두 사람이 모아 온 이야기를
책으로 만들었습니다.

하지만 반년 후, 한 기자가
뜻밖의 사실을 밝혀냈습니다.

전 세계를 여행하고 돌아온 줄 알았던
두 남자는, 사실 1년 동안
아무 데도 가지 않았다고 합니다.

왕에게 받은 여행 경비를
생활비로 사용하며 집 안에서 뒹굴뒹굴
모든 이야기를 지어냈다고 합니다.

· 여행 경비를 올바르게 사용하지 않았다.
· 왕에게 거짓말을 했다.

두 남자는 두 가지 죄목으로 체포되었습니다.

재판에서 유죄 판결을 내린 뒤 판사가 물었습니다.
"마지막으로 하고 싶은 말이 있습니까?"

두 남자는 조금 뜸 들이다
입을 모아 말했습니다.

"그 책은......."

지은이 **요시타케 신스케**

첫 그림책이자 출간 즉시 베스트셀러가 된 《이게 정말 사과일까?》로 제6회 MOE 그림책방 대상과 제61회 산케이아동출판문화상 미술상을 받았다. 《이유가 있어요》로 제8회 MOE 그림책방 대상, 《벗지 말걸 그랬어》로 볼로냐 라가치상 특별상, 《이게 정말 천국일까?》로 제51회 신풍상을 받는 등 전 세계에서 인정받는 작가다. 그동안 그리고 쓴 책으로 《이게 정말 사과일까?》를 비롯해 《이게 정말 나일까?》 《이게 정말 천국일까?》 《이게 정말 마음일까?》 《도망치고, 찾고》 《더우면 벗으면 되지》 《나도 모르게 생각한 생각들》 《심심해 심심해》 《아빠가 되었습니다만,》 《있으려나 서점》 《신기한 현상 사전》 《머리는 이렇게 부스스해도》 《살짝 욕심이 생겼어》 등이 있다.

지은이 **마타요시 나오키**

개그맨이자 소설가로 활동하고 있다. 2015년 데뷔작인 소설 《불꽃》으로 일본 최고 권위 문학상인 아쿠타가와상을 수상했으며, 300만 부가 넘는 베스트셀러 작가가 되었다. 2017년 발표한 연애 소설 《극장》이 2020년 영화화되었고, 첫 신문 연재작인 《인간》을 2022년 4월 문고본으로 발간했고, 그 밖의 저서로 《도쿄백경》 《제2도서계 보좌》 등이 있다.

옮긴이 **양지연**

좋은 책을 우리말로 옮기는 번역가이다. 서강대학교에서 정치외교학, 북한대학원대학교에서 문화언론학을 전공했다. 옮긴 책으로 《이게 정말 마음일까?》 《만약의 세계》 《보통이 아닌 날들》 《어이없는 진화》 《의외로 친해지고 싶은 곤충도감》 《추억 수리 공장》 《정원 잡초와 사귀는 법》 《더우면 벗으면 되지》 등이 있다.

그 책은

1판 1쇄 인쇄 | 2023. 5. 26.
1판 1쇄 발행 | 2023. 6. 26.

요시타케 신스케, 마타요시 나오키 지음 | 요시타케 신스케 그림 | 양지연 옮김

발행처 김영사 | **발행인** 고세규
편집 김지아 박양인 박리수 | **디자인** 고윤이 | **마케팅** 이철주 | **홍보** 조은우 박다솔
등록번호 제 406-2003-036호 | **등록일자** 1979. 5. 17.
주소 경기도 파주시 문발로 197(우 10881)
전화 마케팅부 031-955-3100 | 편집부 031-955-3113~20 | 팩스 031-955-3111

값은 표지에 있습니다.
ISBN 978-89-349-6688-3 03830

좋은 독자가 좋은 책을 만듭니다. 김영사는 독자 여러분의 의견에 항상 귀 기울이고 있습니다.
전자우편 book@gimmyoung.com | 홈페이지 www.gimmyoung.com